愛がしたたる一皿を

Si《SI》

CHOCOLAT BUNKO

ILLUSTRATION 葛西リカコ

CONTENTS

薄暗がりに、ひらめく白い手を夢に視《み》る。

「ほら、侑也《ゆうや》、初物のさわらよ。魚へんに春と書いてさわらって読むの」

夢の中、水崎《みさき》侑也は子供の姿で母を見上げている。彼女は唇に気に入りの曲を刻みつつ、慣れた手付きで魚を捌《さば》いている。白い指のもとで鈍く光る包丁は、見かけよりずっしりと重く、サクに刃元をあてて、すっと引くだけで、まるであらかじめ定められていたようになめらかな切り口を開いてみせる。新鮮な魚の身は石英《せきえい》みたいに透き通って瑞々《みずみず》しい。

「産卵期の春に近海で捕れるから、春の魚と名がついたそうだけど、本当は冬のほうが脂《あぶら》が乗って美味《おい》しいのよね。でも春の子持ちさわらも悪くないわ。カラスミが絶品で」

水崎たちは店じまいした店内にいる。客席の照明は落とされ、厨房《ちゅうぼう》の明かりだけがスポットライトのように母を照らしている。ひんやりとしたステンレスの銀色に囲まれたそこは、水崎が一番好きな場所だった。忙しい母は息子の世話を家政婦に任せっきりだったので、閉店後の厨房は水崎にとって、母親を独り占めできる唯一の空間だった。

水崎が生まれてすぐに離婚したという母の三月《みつき》は、以降女手一つで息子を育てつつ店を切り盛りしている。色が白くほっそりとした見かけによらずパワフルだ。

「せっかくだから季節のお祝いものを作りましょう。春野菜やクルマエビと一緒に木型に詰めて、甘めの酢飯をかぶせて押し寿司にするの。おいしくできたら、真っ先に侑也に食べさせてあげる」

母は食にまつわる様々な知識を息子に教えることに熱心で、水崎も母の話を聞くのが好きだった。ときどき味見をさせてくれることも含めて。

店の皆が去ったあと、一人で料理の腕をふるうときの母は、リラックスしていて機嫌がいい。特に春、恋の季節が訪れた真鯛《まだい》が鮮やかな桜色に染まるころがもっとも調子が良かった。愛に満ちた白い指は踊るようにまな板の上を舞い、言葉は歌うようにいつまでも続き、薄化粧の頬も、少女のように健康的に色づいている。

「またお魚？　僕、お肉がいいな」

水崎はそんな母に見とれつつも、眠いのを我慢しているので、少しぐずっていた。

「初物を食べると寿命が七十五日伸びるのよ」

「長生きするより美味しいものが食べたい」

「お魚だって美味しいでしょう？」

「僕、お肉のほうが美味しいと思う」

母の店は割烹《かっぽう》料理屋だった。質の高い食材を取り扱っていたが、子供の舌には、上等な刺し身よりもハンバーグやカレーライスのほうがずっとごちそうだったのだ。

「仕方ないわねえ」

口ではそう言いつつも、彼女は息子のわがままを待ちうけていたかのように手早く食材を片付けた。

「今日フランスから届いたばかりよ」

代わりに冷蔵庫からうきうきと取り出したのは手のひらに乗るくらいの小さな鳥だった。羽がむしられている以外は、生きている形そのままのものだ。

「これなに？」

見慣れない食材に、水崎が鼻に皺《しわ》を寄せると、母は「鳩《はと》よ」と、こともなげに言う。

「鳩？　あの公園にいるやつ？」

「あれはドバト。食用には使わないのよ。これはレッドカルノーっていう食用種」

「でも鳩なんでしょ？　本当に食べられるの？」

「あら、鳩は古代エジプト時代から食用にされていたのよ。飛べるようになる前の血入りの仔鳩は高級品なの。ほら、嘴《くちばし》がまだ柔らかいでしょう？　これが若い証拠」

そう言って、彼女は鳩の頭を持ち上げてみせる。その頭部にはまだ白い羽毛がついていた。水崎はその生々《なまなま》しさに尻込みをした。

「血入り？　血が入っていると臭くなるんじゃないの？」

例えば魚の場合、魚が暴れて身に血が混じらないように、頭部からワイヤーを通し脊髄を破壊して動けなくする。魚でも獣でも身に血が混じると味が落ちると教えてくれたのは母だった。眉間にワイヤーを差し込まれた魚は一度跳ねただけで、ぴくりとも動かなくなった。あれはあれで恐ろしい光景だった。

母は料理の残酷な面を包み隠さないので、水崎は幼な心にも、少しは手加減してくれと思うこともあった。

「食材によって違うのよ。鳩はエトゥフェといって、窒息《ちっそく》させて絞めるの」

残酷よねえ、と呟きながらも、彼女の手は正確だった。

鳩の胸にナイフを滑らせて、赤い肉を開いてみせる。どろりとした血のこごる、そのなまめかしさに、水崎はぶるりと背筋を震わせる。

「この鳩は、あなたのおじいちゃんが若いころ、お世話になったお店が用意してくれたのよ。大きなレストランでね、専用の農場をいくつも持っていて、バスクで鳩も養殖しているのよ。すごいでしょう?」

水崎の祖父《そふ》はフレンチレストランのシェフだった。

娘の三月は日本料理の道へと進んだが、彼女の華やかな盛り付けは父ゆずりだそうだ。

「私も昔、おじいちゃんに連れられて、お店に伺ったことがあるの。鳩舎《きゅうしゃ》にも行ったわ。小さなお城みたいに素敵な建物だったな。中に入れるのは飼育係の人だけ。大事に大事に育てられた鳩たちは飼育係にすごく懐いていてね、外へ連れ出しても、手の中で安心しきってうずくまっていて愛らしかった」

彼女はそれを再現するように両手で鳩の肉を包み込んだ。

「昔は首をひねったり、水に沈めていたこともあるらしいけれど、今はここから銀色の針を差し込むのが主流よ」

彼女はそう言って、鳩の首筋を優しく撫でる。彼女の白い指先は細く長く、料理人らしからぬ美しさを保っている。

「そうやってエトゥフェさせると、全身に血が巡り、味に深みが出る」

うっとりとした母の指先から、水崎は目が離せなくなった。怖いと感じているはずなのに、奇妙に惹きつけられて動けない。

気づけば水崎はいつのまにか鳩になり、彼女の手の中にいた。

死んだ肉ではなく、生きた鳩の視界で、彼は母を見上げていた。

母は微笑んでいた。慈《いつく》しみに満ちた表情で。その指は、水崎の首を優しく撫でている。

反対側の手には、銀の針が握られている。

逃げようとは思わなかった。母の冷たく美しい手に包まれる幸福感に満たされて、水崎はぐったりと身を預けるばかりだ。

やがて、冷たく鋭い銀の針が、ひやりと首筋にあてられる。

そこでいつも、目を覚ますのだ。

ランチの営業が終わると、水崎は笑顔でこわばった頬を、ほっと緩めた。

人けのなくなった店内には、こんがり焼き目をつけた仔牛の骨と、野菜がたっぷり入ったフォンドボーが大鍋でぐつぐつと煮える音だけが響いている。

どことなく寂しいが、この時間になると、入り口上部にはめこまれた色ガラスから差し込む光が、板張りの床と白い壁にモザイク模様の影を落とし、まるで古びた教会のような雰囲気になるのを、水崎は気に入っていた。

あめ色のカウンター席の後ろに、四人用のテーブルが二つ、一番奥にある二つのテーブルは、予備のテーブルと合わせると十人まで座ることができる。こぢんまりとした店内だがテーブル間の距離には余裕があり、窮屈《きゅうくつ》さを感じない配置は水崎のこだわりだ。

彼はそこを軽く掃除したあと、ランチの残り物で軽食をとる。ポークリエットにオニオンとオリーブ、それからしゃきしゃきの野菜をたっぷりバゲットに詰め込んで出来上がり。

それにかぶりつきながら、厨房の隅に置いてある木製のテーブルセットに腰掛けて、ディナータイムの仕込みの段取りを考えるのが毎日のお決まりだった。

まずは初夏の綺麗《きれい》な青野菜で、ゼリー寄せを作ろう。みょうがは酢を入れた湯でさっと茹《ゆ》で、アスパラガスは皮を剥《む》き塩茹でに、オクラは新鮮だから塩ずりだけで歯ごたえを楽しんでもらおう。彩《いろど》りにパプリカとミニトマト、それを昆布だしベースのあっさりしたスープで固め、ポン酢を混ぜて琥珀《こはく》色にした柑橘《かんきつ》ソースを乗せてみよう。

淡白《たんぱく》な太刀魚《たちうお》のために、細かく刻んで炒めたエシャロットと白ワインに生クリームをたっぷり加えて濃厚なソースを作り、コウイカは内臓と一緒に柔らかく煮込む。

フォアグラのテリーヌに合わせるために乾燥いちじくも煮ておこう。それから……。

ふう、と長い息を吐き出して、水崎は遠い目をした。

なにより、作る量を考えないといけない。たくさん作っても余らせてしまうから。

ビストロ・ピジョノーは、狭いながらも水崎の店だ。

以前勤めていた店で知り合った秋場孝俊《あきばたかとし》という老翁《ろうおう》から、水崎はこの店を譲り受けた。

秋場は資産家で、当時、引退後の趣味として小規模なバーを経営していた。彼は水崎を気に入ってくれて、独立したいのなら自分の店を格安で譲ると申し出てくれたのだ。

秋場の店は江東区にある三階建てのビルの二階にあった。駅や市場からも近く、周囲に飲食店も多いわりに、入り組んだ路地にあるため、店に入ってしまえば外の喧騒は聞こえない。やや薄暗く古びた雰囲気と、適度な狭さが隠れ家じみていて、水崎はその店をひとめで気に入った。

独り立ちするのにはまだ経験が浅いことが心配ではあったものの、当時の勤め先のシェフの勧めや、秋場のバックアップもあり、やれるだけはやってみようと決断したのは、水崎がちょうど三十路《みそじ》を迎えた年のことだった。

もちろん、ル・プティ・ムーラン・ルージュの主人に見初《みそ》められ、パリにデビューを果たしたエスコフィエのごとく、華々しい成功譚を期待していたことは否めない。

しかし現実はシビアだ。

ビストロとして開店してから半年。今のところ、繁盛《はんじょう》しているとは言いがたい。

最初は前の店の常連客や取引先の業者が、お祝いがてら顔を出してくれたものの、前の店とは路線が違う上に遠いこともあり、一度来てそれっきりだ。

狭い道にある二階の入り口は、ひと目につきにくく、新規の客が入りづらいという欠点がある。

秋場がバーを営業していた頃からの客や、近所の商店街の顔見知りはよく訪れてくれるが、彼らは酒がメインで、食事はつまみ程度にしか頼んでくれない。

幾つか打った広告が多少の功を奏して、ランチタイムは近隣のオフィスに勤めている人や主婦仲間らしき集団が使ってくれている。おかげで、そこそこ賑わしく評判もいいものの、彼らは夜までは来てくれない。昼は水崎ひとりで充分まわせる皿数しか出しておらず、価格も抑えているので、儲けには繋がっていなかった。

結果、ほとんど酒代で経営をまかなっている状態だ。食材の費用を差し引けば、秋場が経営していたときよりも稼ぎは落ちているのではないかと思う。

秋場は、もともとひょろりと白かった水崎がますます薄くなってゆくのを心配して、焦らなくてもいいと言ってくれている。このビル自体が秋場の持ち物なので、管理費等も稼げるようになるまではと安くしてくれているし、いざとなったら定期預金を崩せばいいので、経営難とまではいかないが、いまだに改装費用の返済すらできていない。

まだ店を出すには自分は未熟だったのだ。

水崎は最近、自分の力不足を感じずにはいられない。良い食材を揃えているし、ソースにも自信がある。けれど、固定客がつくほどの魅力があるかといえば疑わしい。どの料理もどこかの店の真似事で、まだ自分の料理として確立していないように思う。もっと色々な店で修行して、顔を売っておけば良かったと後悔してもあとのまつりだ。

始めてしまったからには、良い方向に進むよう努力するしかない。

水崎は沈んだ気持ちを切り替えようと、冷蔵庫にある小さな包みに意識を向けた。

そこにあるのは、肉質等級の高い国産牛のフィレ肉だった。

今朝、知り合いの肉屋からそれを受け取ったとき、その肉塊は朝の透明な光を受けて、宝石みたいにきらめいて見えた。きめが細かく、光沢のある鮮やかな肉色で、どっしりとした厚みがある。だが、フィレの中心からシャトー・ブリアンを切り取った残りの、トゥルヌドという箇所なので、比較的安価で譲ってもらえたのだ。

フィレ肉は変色しやすく、加熱しすぎるとタンパク質が凝固して、せっかくの柔らかな食感が失われてしまう。そのため、新鮮なうちに、火入れも最低限で提供する。

肉好きの人にこそ食べてもらいたいので、味付けも凝らないほうが良いかと、肉の焼き跡にマディラ酒を加えた程度のソースにしようかと思っていたのだが、更に肉の魅力を引き立てるソースを考えてみるものもいい。

なんといっても、フランス料理でソースは重要だ。

思い立った水崎は、いそいそとコールドテーブルの前に立つと想像を巡らせながら食材を揃えていった。

ベースは赤ワインがいい。まずは万能ハーブのエシャロットを、半分は細かく刻み、残りは皮付きのまま半分に割って、グラニュー糖をまぶしオーブンに入れる。

それからバターをたっぷり溶かした鍋で、刻んだエシャロットをじっくり炒め、香ばしさが立ったら赤ワインを注いでアクを抜く。その後ブーケガルニと焼き上がったエシャロットを投入、火力を落とし弱火で煮詰める。途中でフォンを追加し、さらに煮詰める。

あとはオーダーが入ったあとで、仕上げにバターを混ぜて塩とスパイスで味を整えればできあがりだ。けれど、水崎はもう少し何かを足したくて、首をかしげた。

そうだ、隠し味程度に黒トリュフをすりおろしてみよう。

水崎は鍋の上に小さなおろし金を構えた。その時考え事に没頭するあまり、手元がおろそかになっていたのだろう。

水崎は黒トリュフを持ちそこねて、おろし金で指先を擦ってしまった。最初は皮膚《ひふ》を軽く引っ掻いただけのように感じたのに、みるまに傷口に血が盛り上がって、鍋の中にぽたりと落ちた。

「いっ」

「ああ！」

慌てて手を引っ込めたものの、手遅れだ。こっくりとしたボルドーのソースの中に鮮やかな赤が一滴。

配色は悪くないなと一瞬現実逃避したあと、水崎はがっくり肩を落とした。

「……大丈夫、試作なんだからこのくらいの失敗は問題ないよね、大丈夫」

自分を慰めるようにひとりごちると、水崎は血の落ちていない部分をすくい上げて小鍋に移しかえ、それでソースを仕上げることにした。

トラブルはあったものの、なかなか良い仕上がりになってくれた。

多少値が張っても良い肉を食べてくれそうな客が来たら、勧めてみよう。

できればそれが、新しい客でありますように。

ディナータイムの営業は十八時から。

その一時間ほど前に秋場が出勤してくる。彼はまかないがてら、今日のお勧めメニューを食べてから、ギャルソンとしてヘルプに入ってくれている。

ソシアルダンスが趣味の秋場は、齢《よわい》七十を超えても背筋がしゃんと伸びて闊達《かったつ》な人物だ。蝶ネクタイに、フォーマルすぎないジレを合わせ、キレのある動きで給仕をする姿はどこかユーモラスで、見る者を明るい気分にしてくれる。

けれど今日の客は、生ビール一杯と軽いつまみを頼んですぐに帰った顔馴染みだけだったので、華麗なアクションもトークも披露できないままだった。

「今日は週の中日だから、ゆっくりしているね」

厨房で気をもむ水崎に、秋場は安心させるように声をかけてくれる。

「今日はもうお客さんが入らないかも……少し雨が降っているみたいだし」

水崎は店の窓から、ネオンに照らされて銀の針のように落ちる小雨を憂鬱《ゆううつ》に眺めた。

「まだ二〇時前だからこれからさ。それに雨が降ったら涼しくなって、出かける気分になるかもしれない……」

言い終わらないうちに、来客を告げる呼び鈴が鳴らされた。秋場は水崎にばちりとウィンクを投げると、いらっしゃいませと颯爽《さっそう》と迎えに出ていった。

客は近くの商店街の店主たちだった。一九時過ぎに皆店を閉めるので、その後、定期的に連れ立ってピジョノーにやってきてくれる。

彼らは勝手知った足取りで、店の奥にある団体客用の八人席に、どやどやと腰を落ち着けてゆく。

見慣れた顔ぶれに、水崎はほっとしつつも、少しだけ、がっかりもした。

「いらっしゃいませ」

「とりあえずビール六つと、漬物《つけもの》と刺身《さしみ》を何かくれよ」

彼らは秋場の渡した冷たいお絞りを首にあてて、はー、やれやれと息を吐いている。

だからこの店は居酒屋じゃなくて、ビストロなんだけどなあ、と苦笑しつつも、水崎は、手際良く小皿にアミューズを盛り付ける。

ビールが出る前にそれらを持って、水崎は挨拶ついでに顔を出した。

「アミューズは、鮎《あゆ》の肝《きも》を混ぜた苦味のあるムースのクラッカー添えと、夏野菜のゼリー寄せをご用意しました。漬物とお刺身は置いていませんが、旬野菜を使ったピクルスとカンパチのカルパッチョならありますよ」

「お。じゃあそれで」

飲食店が多い土地なので、この周辺で食品の小売を営んでいる者なら、基本の洋風料理名くらいは一通り理解している。それどころか近隣の店の客層や席数、火入れの熱源から得意の調理法、はてはドリンクリストまで全て把握《はあく》しているやり手揃いだ。

そのはずなのに、彼らはいつも水崎に、焼き鳥だのタタキだのとオーダーしてくる。彼らなりの親しみのこもったからかいだと水崎も理解しているが、もう少し居酒屋よりのメニューに切り替えたほうがいいのではないかと迷うことはある。

フランス料理は工数《くかず》が多く、日本では手に入りにくい食材やハーブも使う。どうしても手間も材料費もかかるので、価格も上がってしまうのだ。もっと簡単な料理で安く設定すれば、もしかすると客足が増えるかもしれない。

だが手抜きはしたくないし、やはり水崎はフレンチが好きなので悩ましい。

そんなことを考えながら応対をしていると、再び、入り口のドアの開く音がした。

「いらっしゃいませ」

水崎は接客中にもかかわらず、思わず振り返って息を呑む。

入店してきたのは三十代の前半らしき男女だった。

二人はオーソドックスなスーツ姿で、長身で姿勢が良かった。とりたてて高価なものを身に付けているわけではないが、髪型も靴も、全体的にきちんとした印象を受ける。

女性のほうは涼し気なキツネ目の、気の強そうな美人。男性のほうは、しっかりバックに流した髪と、意志の強そうな太い眉とくっきりした二重の目にインパクトがある、古風なハンサムといった風貌だ。濃紺のスーツについた細かい雨粒が照明に反射して、ダイヤモンドの粉みたいにキラキラしている。

水崎は常連客に、ごゆっくりどうぞと言いおいて、足早に厨房に戻った。

アミューズを盛り付ける指が、興奮でこわばってしまう。

やった。新規の客だ。気難しそうだが社交的で、人脈がありそうな匂いがある。

嫌われると面倒そうだが、気に入られたら知り合いに紹介してもらえるかもしれない。

浮足立ちそうになるのを一度深呼吸して鎮めて、水崎はとっておきのよそいきの笑顔を作り上げて彼らのテーブルに赴《おもむ》いた。

「いらっしゃいませ」

彼らは入り口から一番近いテーブル席で、まるで批評家みたいな顔でメニューを熟読していた。食前酒のシャンパンが注がれても乾杯する様子もない。

緊張しつつ水崎が近づくと、彼らはメニューから視線をそらさないまま口を開いた。

「前菜の盛り合わせを頼むよ」

「あとは別でキッシュとカルパッチョ。ポロねぎのスープもお願いね」

「メインはリストの他に、おすすめは？」

「侑也、俺のやったフィレはまだあるのか？」

一瞬まごついた水崎の背後から声をかけてきたのは、先程の客の中にいた肉屋だった。

「あ、ありますよ。新鮮なものですから、レアのソテがおすすめです」

「兄ちゃんたち、良かったら頼んでみてよ、いい肉だからさ」

「本当？　フィレ好きなのよね、じゃあそれを二皿」

女性客のほうは、値段も聞かずにそれをオーダーする。

「あとはここからここまで全部」

男性客のほうはメニューを傾けると、メインのリストを指でさらりとなぞり下ろした。

まるでオーケストラの指揮でもとっているかのような優雅な動きと、思いがけないほど彼の指が長く美しい形をしているのと、オーダー内容の衝撃で、水崎は情報がオーバーフローして固まったあと、目をぱちぱちとしばたかせた。

「えっと……全部ですか？」

「ええ」

繰り返すと、彼は重々しく頷いた。

「かなり量がありますが」

「大丈夫、私たちすごく食べるから」

女性客が、にこりとする。綺麗だけれど、相手の反応を楽しんでいる表情だ。

おそらく様々な店で、同じようにオーダーして、同じような反応をされているのだろう。

「できた順に出してくれてかまわないからね」

あと、赤のボトルを一本選んでくれ、と、男性客は、やたら低くていい声で付け足した。

「メニュー表はここに置いておいていいかな」

「ええ構いません」

若干《じゃっかん》うろたえている水崎を、男性客がふいに見上げて、綺麗に両方の口角《こうかく》を釣り上げてみせた。悪戯《いたずら》が成功した子供のように輝く眼差しは、矢のようにまっすぐ水崎に突き刺さり、心臓をばくりと跳ね上げさせた。

できた順に出して、と言われても、店としては料理をベストなタイミングで提供したい。せっかくの料理がなかなか手を付けてもらえないまま放置されて、乾いてしまったり冷えてしまうのを見るほど悲しいことはない。

そう思っていた水崎だったが、二人の新規客の食べるペースは予想以上に速く、まさに作ったらすぐに出さないと間に合わない有様だ。

彼らは決して、食べ方が荒っぽいわけではなかった。むしろマナーは良い。カトラリーのさばき方も完璧《かんぺき》で、ひとつひとつの皿を、じっくりと味わって食べてくれている。

ただ彼らは全く休まなかった。会話もなく、ワインで喉を潤す以外はカトラリーを握りっぱなしで、ひたすら料理に挑んでいる。その集中力は鬼気迫《ききせま》るほどで、まるで何かの競技のようにすら見える。

「あの二人ってどういう関係なんだろう。もしかして、仲が悪いのかなあ」

秋場も好奇心をくすぐられているようだった。

「すごく仲がいいのかもしれませんよ。ほとんど相手に確認せずにオーダーしていたのに、険悪でもないし、会話もほったらかしで食事に集中できるなんて、よっぽど相手に興味がないか、相当気心の知れた相手じゃないとできないと思います」

前菜を出し終えて、メインの仕上がりまでの間をもたせるために、箸休めのディップとバゲットのおかわりを用意しつつ水崎は答えた。

「もしかしたら美食仲間じゃないですか？　一人で行くより色々頼めますし」

「趣味が食事というやつか。なるほど、食べるスピードや味の好みが一緒の人と食事をするのは楽しいだろうね。会話なんてなくても」

一人で納得した様子の秋場は皿を受け取ると、床を靴底でタップするステップを踏んで、客席へと向かった。彼も新規の客に浮かれているのだろう。

水崎は一度のびをすると、よし、と、気合を入れてメインの火入れにのぞんだ。

太刀魚はクールブイヨンで、ふっくらするまで煮て、生クリームの濃厚なソースに合わせる。脂に漬け込んでおいた鴨《かも》のコンフィはオーブンで温めたあと、カリッとした焼き色を付ける。豚肉の燻製《くんせい》はシュークルートにして、加熱したあと骨をとりのぞく。

ばらばらと届く商店街の団体客の自由なリクエストを合間にこなしつつ、水崎は無心に手を動かした。客席の様子を見ながら秋場もエプロンをして手伝ってくれるので、水崎はあれとこれを合わせて、とか、鍋の温度を確認して、などの指示をてきぱきと出してゆく。

複数の料理を同時進行で進めるため、食材の位置や種類は全て把握している。水崎は十代から料理人を目指して厨房に立ち続けていたので、段取りには自信があった。

そのはずだった。

ついに真打ちのフィレ肉を、低温で蒸していたスチームコンベクションオーブンから取り出した時、けれど水崎は肉の火入れのことにすっかり気をとられていた。

熱した鉄板に、厚みのある肉を敷き、十数秒ごとにひっくり返しては休ませて、こまめに新しい油を注ぎながら、ベストな状態をはかってゆく。

肉の火入れは数度、数秒の違いで風味が全く変わってしまう。レアは内側の温度が36度、人肌と同じくらいになるのが最適だ。手早く表面を焼いてピュアな肉汁がたっぷりと閉じ込められた状態にしたい。神経を尖らせて肉の柔らかさを見計らい、網台に上げたときには、すっかりやりきった気分だった。

だから水崎は、一通り料理を出し終えた厨房を見回して血を落としたソースを入れてあった鍋が空になっていることに気づいたとき、一瞬、何が起こったかわからなかった。

「……えっ、本当に?」

勘違いであって欲しいと何度も周囲を確認したものの、残念ながら見つけられたのは、血入りソースのそばに置いてあった完成形のソースの方だった。

ざっと全身の血が下がる音がして、水崎はよろめいた。

信じられないミスを受け入れるために、できれば失神の一度や二度はしておきたいところだったが、それよりも早急に皿を下げないとならない。

ふらつきながらも、慌ててコック帽とエプロンを外し、厨房を出ようとした水崎は、同じくらいの勢いで厨房に飛び込んできた人物と思い切りぶつかった。

水崎の足が宙に浮く。倒れる、と身を固くして目をつぶったのに、感じたのは硬く冷たい床の衝撃ではなく、腰にまわされる、しっかりと筋のはった腕の温かさだった。

ぽかんと見上げると、目の前のハンサムから、落ち着いた声が降ってきた。

「申し訳ありません、大丈夫ですか？」

「……いえ、こちらこそ、お怪我はありませんか？」

接客業の条件反射で口は自動的に返事をしたが、水崎は状況を理解できていなかった。

衝突男は、水崎をきちんと立たせると、何故か手を握ってきた。

水崎は抵抗もできずなすがままだ。

「不躾《ぶしつけ》で申し訳ありません。あなたの作る料理に感動して、この気持ちを、是非直接お伝えしたいと思いまして」

彼は頬を赤くして、食い気味に訴えてくる。その手は指が長く優雅で、水崎の手をすっぽり覆ってしまうほどに大きかった。

強く握っているせいで筋が浮き出て、まるで詰め物をぱんぱんにされた丸鶏みたいになっているな、と、水崎は現実逃避気味に思った。

「はあ……それはありがとうございます」

水崎はやはり反射行動で、作り笑いを浮かべた。

「特にフィレ肉のソテが素晴らしかった。ピュアな肉汁と濃厚なソースがねっとりと舌に絡みついて……噛み締めたとたんに脳髄《のうずい》までとろけそうで……とても官能的だった」

と、彼は、まるで軽く極めたようにぶるりと震えて、熱っぽく水崎を見つめてきた。

そこには先程感じたような、文化人めいて冷静な印象はなかった。潤んでけぶるまなざしや、軽く開いた唇も、情熱に取り憑かれて理性を失った人そのものだった。

「ご迷惑でなければ是非こちらのお店を紹介させていただきたいのですが」

「はい？」

「あ、失礼しました。自己紹介がまだでしたね」

水崎のぽかんとした反応に、男はようやく正気を取り戻した様子だった。

彼は水崎の手をさっと放して乱れた髪を整えると、内ポケットから名刺を取り出した。

「桐谷《きりや》と申します。フリーランスのライターをやっています」

白いシンプルな名刺には、フリーライター、桐谷 貴洋《たかひろ》と印字されている。

「ライター……ですか」

水崎は無意識に眉を寄せた。記者と名のつく職業の人間は苦手だ。そもそも、失礼は自

己紹介が遅れたこと以外にある気がするのだけれど。

「それで、今、雑誌に掲載《けいさい》するお店を探していまして」

「えっ、雑誌に？」

やっと思考回路が繋がって、水崎は素《す》っ頓狂《とんきょう》な声を上げた。

「ええ。雑誌に。シノワってご存知ですか？」

「シノワって雑誌ですか？　ええ！」

シノワは食に特化した月間誌だ。月ごとに高級レストランから庶民派の居酒屋、もしくは一つの料理に特化した特集が組まれている。ターゲット層が中高年ということもあり、誌代は高めだが、製本も印刷も美しく、掲載される店は、具体的な取材記事と艶《あで》やかな写真とともに丁寧に紹介されている。

自分の店がシノワに載るのが水崎の密かな夢だった。

「今度の特集が、隠れ家レストランなのですが、どうですか？」

「載せてもらえるんですか？」

信じられない気持ちで、水崎は無意識に、名刺を胸に抱いた。

同時に、やばい、ということにも気がついた。

彼が絶賛《ぜっさん》したのは、ほとんど仕上がっていたとはいえ未完成の、何よりも自分の血が混入した問題作だ。一滴程度とはいえ、衛生的にも倫理的にもまずい。

憧れの雑誌に掲載されるチャンスをこんなミスで逃すだなんて。それどころかシノワの記者に人の血入りの料理を出したとなれば、関係者に噂が広まって二度と記事になどされないかもしれない。

ついていないなんて騒ぎじゃない。むしろ悪魔でもついているのかもしれない。

冷や汗で背中を冷たくしながらも、まずは謝罪をしなければならなかった。

だが水崎がそれを口にするより先に、桐谷が言った。

「もちろん、オーナーの許可が得られるのでしたら」

「オーナーは僕です」

「そうですか」

とっさに応えてしまった水崎に、桐谷がぱっと明るい表情になる。

「でしたら是非とも」

そう言って、再度水崎の手を握ってくる。興奮しているせいか、彼の手はとても熱くて汗ばんでいた。びくりとした水崎に、桐谷が目を細める。

「記事を書かせてください。あなたの料理に惚《ほ》れました」

睦言《むつごと》のリズムでそう告げて、ぐっと顔を近づけてくるので、水崎はのけぞった。

水崎も、細身ではあるが175センチはあり、そこそこ長身だが、桐谷は更に数センチほど高いようだ。おまけに鍛えているらしく、肩にも胸部にもボリュームがある。近づかれると、水崎は空気が薄くなったような錯覚を覚えて、口をはくはくと喘がせた。

「ご快諾《かいだく》いただけるようなら取材のスケジュールを詰めたいのですが」

「え、ええ」

桐谷の迫力に飲まれて、水崎は反射的に頷いた。

「良かった」

息がふきかかるほどの近さで、男の口角が釣り上がる。めくれあがった唇から覗く、ぞろりと並んだ白い歯は迫力満点で、網膜《もうまく》に焼きつきそうなほど凄かった。


桐谷の連れの女性は先に帰っていった。桐谷は店の客がはけるのを待ってから、水崎をテーブルに呼び寄せて、てきぱきと今後のスケジュールを決めてゆく。彼の説明はよどみなく、ものの五分で打ち合わせを終わらせると、それでは、と席を立った。

水崎はその間、もごもごと言いよどみながらも、何度もソースの混入物について打ち明けようとしたが、全くタイミングが掴めなかった。

「とても美味しかったです。取材の件よろしくお願いします」

「ありがとうございます……こちらこそ、よろしくお願いいたします」

ついに伝えることができないまま、気力が尽き果てた水崎は、その日は桐谷に打ち明けることを諦めてしまった。

あとで電話かメールで伝えたらいいと自分に言い聞かせて、良心の呵責《かしゃく》で重い胃をなだめつつ、とぼとぼと見送りに出る。水崎の葛藤《かっとう》など知らない桐谷は上機嫌だ。

「それでは」

彼は水崎に会釈《えしゃく》すると、トントンとリズミカルに階段を駆け下りてゆく。小雨に濡れたアスファルトに映り込んだネオンの明かりが、磨かれた黒い靴の下で、ぱしゃりと崩れた。桐谷は、開いた傘をくるりと回してから、一度だけ水崎を振り返り、笑顔で片手を上げた。

颯爽とした後ろ姿を店の出口で見送りながら、水崎は無意識に自分の手を抱き込んだ。

桐谷の姿が消えてしばらくしてから、ようやく、指が震えていることに気がついた。

桐谷の手の感触が、皮膚の上にこびりついている。

なめし革のようにしっとりとした艶のある手の甲、そこから伸びる、長く美しい指。水崎の手を、何度も強弱をつけて握り込んできた。水崎はそのたびに、呼吸が止まりそうになるのを必死で堪えなければならなかった。

あんなに強く握られなかったら、もっと冷静に事実を打ち明けられたかもしれないのに。

八つ当たりだとわかっていても、水崎は恨めしく思った。

いまだその緊張を引きずっている指先は氷のように冷たい。

久しぶりの他人の感触は、火傷《やけど》しそうに熱かった。

水崎は十五歳のとき、姓が変わった。

小鳩《こばと》侑也から水崎侑也へ。

母の三月が死んで、数カ月後のことだった。

他殺だった。ニュースでは、ただ殺害されたとだけ報道されたが、実際は、彼女のなきがらはばらばらにされていた。

肉は部位ごとに真空パックに詰められて、大型の冷蔵庫に保管されていた。骨はぶつ切りにされて焼かれ、ワインとブーケガルニとともに鍋で煮られていた。

見つからなかった箇所の行方《ゆくえ》は、加害者の胃の中だろうと推測されていた。

犯人は鉈落悟史《なたおちさとし》。食肉店を経営している男だった。彼の店の奥にある、ウォークインタイプの巨大冷蔵庫の中には、彼女以外の人肉も何体か解体され、貯蔵されていた。

鉈落は食べ歩きが趣味で、気に入りの店の料理人を殺して食べていたのだ。

被害者の中には、著名な料理人がいたため、報道陣のほとんどはそちらに押しかけたが、水崎の家にも、何人かの記者が張り付いていた。

水崎はその中の一人と顔見知りになった。

彼は他の記者とは違い、無遠慮にマイクを向けるようなことはしなかった。いつも水崎に温かい声をかけてくれていた。大きな声を出すこともなく、しつこく追いかけてくることもない。常に水崎の精神状態を気遣い、根気強く信頼を得ようとしてきた。

当時の水崎は、母の死をうまく受けとめることができないまま、孤独で不安な日々を送っていた。どこに行っても事件の被害者家族として見知らぬ大人に囲まれて、不躾な視線と言葉と、無責任な同情にさらされる。

そんな中、毎日同じ時間に、同じ口調で、人好きのする同じ笑顔で接してくれる、その記者の変わらない穏やかさと真面目さは水崎の救いになっていた。

ある日水崎は記者に、どうして多くの被害者の遺族のなかで、取材対象に自分を選んだのか問いかけた。

彼はしばらくその理由を伝えるのを悩んでいた。けれど水崎が、教えてくれるなら、どんな取材にでも応えると交換条件を出すと、慎重に言葉を選びつつも口を開いた。

「実は、君のお母さんだけ、亡くなられた理由が違ったんだ」

彼の説明によると、他の被害者は生きているうちに逆さに吊られ、首を切られて失血死したそうだ。しかし水崎の母だけは、絞殺だった。

犯人は取り調べのさい、何故水崎の母親だけ殺害方法を変えたのかという質問に対し、彼女が特別おいしそうだったからだと供述したという。

「僕はその理由がどうしても気になってしまって……息子の君に尋ねたら、何かがわかるんじゃないかって思ったんだ」

思い当たることはある？　と尋ねられたとき、水崎はとっさに、わからないと答えた。嘘だった。本当は、エトゥフェされたのだと気がついていた。

窒息させることであえて肉に血を残し、肉のコクを深めるための、と殺方法だ。

犯人は母の血までもを、味わって食べたいと思ったのだろう。

大きな動物なら血を使う場合でも一度血と肉を分けてから調理するものだが、おそらく、名字の小鳩になぞらえて、その方法をとったのだ。

『こんなに美味しいものを作って食べているあなたの肉は、さぞや美味しいのだろうね』

以前、母がそんなことを言われていたのを、水崎は覚えている。

声を掛けたのは常連客の一人だ。顔は思い出せないが、少なくとも銘落ではなかった。

母はその発言をいたく気に入ったようだった。おそらく好みの客だったのだろう。面食いだったから、ハンサムだったのかもしれない。

それから、事あるごとに彼女はその話題を持ち出し、私の肉はきっと美味しいわと、客に自慢するようになった。

店の常連は、彼女の心酔者ばかりだったので、誰もその発言を咎《とが》めなかった。むしろそのとおりだと持《も》て囃《はや》し、だからあなたが触れたものは何でも美味しくなるんだと、さらに彼女を調子に乗らせるようなおべっかを使った。

そんなやりとりが日常的に繰り返されたので、最初は嫌がっていた水崎も次第に慣れてきて、やがて気にならなくなったほどだ。

けれど、母がこんな恐ろしい方法で殺された後にそれを思い返すと、彼女のその悪乗りに、本気で同意していた客がいたのではないかと疑ってしまう。

彼らは母に親しげに接しながら、内心では母の肉の味を想像して、舌なめずりをしていたかもしれない。血というものは基本的に吐き気を誘発するものだ。それを敢えて残した犯人の、母への異常な執着が透けて見えるようでぞっとする。

母だけではなく、よく母の手伝いをして可愛《かわい》がられていた息子の自分も、獲物《えもの》のように見られていたかもしれない。

母の店に来ていた客のほとんどは礼儀正しく、人当たりも良く、社会的地位のある人物ばかりだった。だから余計に恐ろしかった。

そんなふうにまともに見える連中のなかに、人を食らう怪物は平然と潜んでいて、その隠された牙を剥く機会を眈々《たんたん》と窺っているのだ。

そんな妄想に取り憑かれて、まるで一人きり、もといた世界から切り離されてしまったように、自分の味方は誰もいないと感じるようになっていた。

仲良くしていた記者に対しても、水崎は心を閉ざした。

心配するようにかけられる声に、ひどく苛立つようになり、何故そんな事実を自分に教えたのだと逆恨みをして、棘《とげ》のある言葉をあびせて追い返すようになった。

恐ろしい妄想は日に日に悪化するばかりだった。皿に出される料理が全て母のように感じられて喉を通らなくなり、少しでも誰かに触れられるだけで、殺される気がしてパニックを起こした。通りを歩く人たちが、自分を食べようと待ちかまえているのではないかと疑い、一歩も家の外に出ることができなかった。

ノイローゼ気味の水崎を救ってくれたのは水崎の伯母だった。彼女は水崎を養子にして家族として迎えてくれた。水崎という姓は、だから伯母のものだ。

人の気配があるだけで硬直していた水崎も、やがて彼女の家庭の、適度な距離を保った、思いやりのある生活と、病院でのカウンセリングによって、次第に落ち着いていった。

彼女もまた料理人だった。祖父から引き継いだ老舗のレストランには、数十年の付き合いの客もいたが、母の店の客よりもドライな関係だった。厨房と客席は明確に分けられ、客と交わす会話は食に関するものばかりで、プライベートには踏み込むことがない。

いつもは朗らかな伯母が、コックコートに腕を通したとたんに、まるで食の伝道師のように、フレンチにまつわる知識をよどみなく説明してみせる姿は、格好良かった。

これはどこで捕れた何の肉か、もしくはどんな環境で飼育され、どんな歴史を持ち、味や香りや食感にはどんな特徴があり、どんな調理方法が適しているのか。

明瞭《めいりょう》に開示される料理は、もはや得体《えたい》の知れないものではなかった。

水崎は伯母に影響されて、フランス料理の道を目指すようになった。高校卒業と同時に調理師学校に通い、同時に伯母の店でコックとしての修行をはじめた。やがて調理師免許をとるころには、ほとんど通常の生活を送れるようになっていた。

しかし、その後勉強のために何店かのレストランを渡り歩くうち、水崎はどうしても、騒がしい厨房に適応できない自分に気がついた。

水崎は勉強熱心で勘が良く、味覚も嗅覚も鋭いうえ、年上に好かれるタイプだったので、どこでも重宝されたが、人見知りで、繁忙期《はんぼうき》の厨房で他人と少しでも接触するとひどく神経質になり、怒鳴り声に過敏に反応してしまう。

水崎の神経症はずいぶん改善したとはいえ、軽度の接触嫌悪は残っていた。だから歳の近いコック仲間とのじゃれあいも苦手だった。

できる限り波風をたてないように我慢して、皆と同じようにふるまう努力はした。けれど賑やかな厨房ではストレスはたまるばかりだ。

当時のレストランで、水崎はスーシェフまで上り詰めていたが、ついには味覚に異常が出るまでになってしまい、限界を感じて辞めることにした。

途方《とほう》に暮《く》れていた水崎に声をかけてくれたのは、知り合いの半隠居したシェフだった。

水崎は彼が営む郊外の長閑《のどか》なオーベルジュで働くことになった。そこで秋場に出会い、独立して店を持ち現在に至る。

一人で作業ができる厨房は水崎にとって最適な環境だった。

水崎の心的外傷の完治は難しく、一生付き合っていかなければならないものだが、自分の居場所を得たことで、ずいぶん改善された。誰もが知るような伝説的なシェフに憧れはあるけれど、自分にはこのサイズが合っているのだと理解したのもここに来てからだ。諦め、と表現すると聞こえが悪いが、つまりは、足るを知ったのだ。

客層も良く、取引先ともうまくいっており、収入という数字的な問題以外は理想的な環境で、接客に対する苦手意識も消えつつあった。

プライベートでの人付き合いは相変わらず苦手で、一生独身を貫くことになりそうだが、一人のほうが楽な性質だと自覚していたので、あまり気にしてはいなかった。

やがて、母の死の記憶も掠れ、時々あれは夢だったのではないかと思うほどになった。忘れることにより、気持ちが安定した日は増えたが、それは後ろめたさも伴っていた。考えてみれば、当時あまりにも多くのことがあったとはいえ、水崎は母の死を、まともに悲しんだ覚えがなかった。自分が薄情な人間に思えて不安になったこともある。

そのことを伯母に相談したとき、彼女は珍しく怖い顔をして水崎を叱った。

辛い記憶を忘れるのは生きていくために必要なことよ。いつまでもお母さんの記憶にすがってぐずぐずしているのは、ただの甘え。生きているもののエゴでしかない。だって、あなたのお母さんは絶対に、そんなこと望まないだろうだから。もちろん、無理に忘れることはないのよ。でも、自然と忘れられるなら、素直に受け入れなさい。それは、あなたが立派に生きていける証拠なのだから。忘れてしまうのは、あなたが薄情なわけじゃない。愛していたからこそ忘れなければいけないこともあるの。

伯母は自分に言い聞かせるように水崎に訴えた。大事な妹を失った伯母の言葉は重かった。それからは、水崎は自罰的にあの事件を掘り返すことはしないように心がけている。

今や水崎が母を想う時間はわずかだ。

一つは朝、店の名が書かれた看板を見上げる時。ビストロ・ピジョノーの『ピジョノー』は、フランス語で小鳩という意味がある。小鳩は母の姓であり、好物だった。赤地に白で名前が刻まれたその看板を見るたびに、水崎は自分の店を誇りに思っていた母を思い出す。

そしてもうひとつは夜、鳩の夢を視る時だ。

凄惨な記憶が薄れた今でも、水崎は自分が食われる夢を視る。

その夢のなかで、いつも水崎は鳩の姿に変わる。

水崎を殺すのは母の手だ。彼女の美しい指に動きを奪われ逃げ道をふさがれる。ときには首を絞められ、ときに水のなかで溺れさせられ、細い銀の針を差し込まれる。夢はいつも、食べられる前に途切れてしまうが、水崎は夢の中で、何度も何度も、数えきれないほど死んでいる。

けれど不思議なことに、水崎はその夢を、一度も怖いと思ったことがなかった。ただただ悲しくなるだけで。

それが何故なのか、いまだに理由がわからずにいる。


桐谷が来店した数日後、約束の時間ぴったりに、多くの機材を抱えたスタッフが数人、ビストロ・ピジョノーにやってきた。

天気のいい朝だったので、自然光を取り入れた撮影となり、カメラマンは入り口近くに撮影スペースを構え、水崎の料理をあらゆるアングルで捉えてシャッターを押している。

スタッフたちの物々《ものもの》しい雰囲気に、水崎はいよいよ拙《まず》いことになったと青ざめていた。

水崎は結局、桐谷に連絡をとることができなかった。彼にきちんと謝罪をしなければという気持ちはあったものの、これを片付けてからにしよう、店が終わってからにしよう、もう遅いから明日にしよう、などとぐずぐずと先延ばしにしているうちに取材当日になってしまったのだ。

「緊張しているようですね」

「ええ、まあ」

水崎は桐谷に話しかけられてびくつきながら、気の弱い笑みを浮かべた。

「そんなに意地の悪い質問はしないですから大丈夫ですよ、リラックスして」

取材として来た桐谷は先日の印象とはまた違い、物腰柔らかく、ゆったりとした笑みを浮かべている。

「それとも、何か困ったことでも？」

悪戯っぽい表情で目をくるりとまわしてみせる桐谷は、水崎を和ませようと気をつかってくれているようだ。

申し訳ないという気持ちと、彼を失望させたくないという気持ちが同時に湧き上がって、水崎は口を開いた。やはりこのまま黙っているのは良くない。

「実は先日の料理に、ひとつ問題があって……あの、あなたが褒《ほ》めてくれたフィレのソテのことなんですか」

「ええ。あれは素晴らしかったですが……書かれて拙いことでも？」

かぼそい声で話す水崎の声を聞き取るためにか、桐谷が顔を近づけてくる。優しい表情だが、大きな目は鷹のようにまっすぐで、水崎はふたたび怖《お》じ気付《け》いてしまった。

「……実はあの肉は、知人にたまたま安く融通《ゆうずう》してもらったもので、うちでは普段扱わないような良いものなのです……あまり高級な店だと思われても困るので」

そのせいで、嘘ではないが、言いたいことと違うことを口にしてしまった。

「ああ、なるほど」

彼は微かに残念そうに眉をひそめつつも、納得したように頷いた。

「俺はラッキーだったんですね。あの皿を紹介できないのは惜しいですが、他の料理も充分美味しかったですし、大丈夫ですよ」

「申し訳ありません。あの皿のことは秘密にしておいてください」

本当に申し訳ないと思いながら水崎は頭を下げた。桐谷のまっすぐな目に見つめられると、どうしても言葉が喉にひっかかったようになって、本当のことが言えなかった。

「気にしないでください」

何も知らない桐谷はあくまで水崎を慰めてくれる。

「それに料理だけが魅力じゃない。親しみやすい店の雰囲気や、サーブしてくれた秋場さんのキャラクターや、水崎さんの、その誠実な人柄にも惹かれて、あなたの店を推薦したのですから。胸を張っていいんですよ。俺の一推しですから」

「……ありがとうございます」

益々真実が言い出せなくなって、水崎は涙ぐみながら彼にもう一度、頭を下げた。

せめて桐谷の期待に応えられるよう、もう二度とこんな過《あやま》ちはしないと誓いながら。

その後、始まったインタビューはしごく簡単なものだった。桐谷は雑談を交えながら、料理のこだわりや接客に関すること、水崎の経歴についての質問を、水崎の話しやすいタイミングで投げかけてくれる。

水崎は畏まってインタビューを受けつつ、桐谷の堅苦しい髪型や古風な顔立ちは、往年のスパイ映画の主人公みたいだと思った。おまけに誘導が上手で、自責の念で萎縮《いしゅく》しきっている水崎でも質問に答えやすい流れを作り出してくれる。それでいて、質問から脱線した意見を口にできる隙はない。桐谷が、実は極秘の任務中で、敵をあざむくために雑誌記者をしていると言われても信じてしまいそうだ。

「まずはランチで様子見をするお客が多いですから、雑誌に掲載されてからしばらくは、そちらに力を入れたらいいと思います。お一人で作られているから大変でしょうが」

桐谷は取材のあとも、色々な相談に乗ってくれた。

「そうなんですか、でも品数を多くするのは大変で……」

「プリフィックス形式はどうでしょう。前菜とメインを何種か作って、好きに組み合わせてもらうんです。サーモンや鶏肉など手頃な食材で、なるべく簡単な調理方法を選んで」

「でも、それでは、他店との差別化は難しいんじゃないですか？」

「安くて早く提供する必要のあるランチメニューで、全てに手を抜かないのは難しいと思いますよ。売りたい部分だけは妥協《だきょう》しない方針にしたほうがいい。僕は、水崎さんの料理の魅力はソースだと思いますから、そこに拘《こだわ》るといいと思うんです。むしろ、食べ慣れた食材のほうが、味付けの個性がわかりやすいですよ」

「詳しいですね」

感心した水崎に、桐谷は、いや、そうでもないんです、とはにかんだ。

「フードライターとしては駆け出しで、これは昨夜読んだ本の受け売りです。ジャーナリストとしては十年くらいのキャリアはあるのですが、まだまだで」

「いえ、参考になりました。営業は苦手分野で」

水崎は、素直に受け売りだと白状する桐谷に、むしろ好感を持った。表情を崩すと、プロ然とした様子が一変して、親しみやすい雰囲気になる。

押しが強くて無遠慮な、苦手なタイプだと思っていたことが、申し訳なくなるほどだ。先日の鬼気迫る様子は、我を失うほど自分の料理を気に入ってくれたのかもしれない。

そんなことを考えて、まんざらでもないという気持ちとともに、あれが問題作だということを思い出して再び落ち込んでしまう。

「色々ありがとうございます。よろしかったら、またいらしてください」

だから別れ際、桐谷にそう告げたのは、いつか食事にでも行きましょう、としめくくる社交辞令程度のつもりだった。本音を言えば、もはや申し訳なさで顔向けできないので、水崎のことは忘れて欲しかった。

「ええ、もちろん、すぐにまた来ますよ」

まさかその後、桐谷が言葉通りに、足繁くピジョノーに訪れるようになるとは思ってもみなかった。

編集から送られてきた記事や写真のゲラをチェックするやりとりのあと、発売日に送られてきた雑誌には、確かにビストロ・ピジョノーが掲載されていた。

二ページの見開きにセンス良く配置された、シズル感あふれる料理や店内の写真は、実物よりも魅力的に思えて、実際に来店した人ががっかりしないか心配になるほどだった。

原稿は事前に何度もチェックしていたものの、実際雑誌になったものを手に取るのは格別だった。桐谷の紹介記事は、大げさに褒め称えるものではなく、若いながらも物静かで実直そうなシェフとロマンスグレーの素敵なギャルソンの営む、隠れ家のように居心地《いごこち》のいい雰囲気の店で提供される料理の繊細《せんさい》さについて、柔らかな文章で綴《つづ》られていた。

フィレのソテの件があるので後ろめたかったが、料理に関する素直な感動が等身大で書かれた内容は好意の溢れるもので、どうしても嬉しさが抑えきれず、水崎は何度もそれを読み返した。

「いや〜。いい記事だね。僕はこの表現が好きだな」

今日はもしかしたら混むかもしれないからと、秋場はランチタイムからヘルプに入ってくれている。彼は、常連に配って自慢するのだと、すでに何冊ものシノワを入手済みで、水崎以上にはしゃいでいる。

「『皿の料理は決して華やかなものではないが、食材本来の旨味《うまみ》を静かに訴えかけるその慎ましい輝きは、まるで食べられるのを待ちわびているかのようでいじらしくさえある』」

「そこはすこしロマンチックすぎるんじゃないですかね」

彼の読み上げた一文に、水崎は苦笑した。そこは多少過剰で、おそらく桐谷の筆が乗りすぎてしまったのだろうと流したところだった。

「いい文章だと思うけどなあ。自分を食べてくれと火の中に身を投げた、月の兎の話があるじゃないか、あれみたいで」

「あー……僕はあの話、ちょっと苦手で」

「確かに残酷な話ではあるよね」

「いいえ、そうじゃなくて、だって毛皮がついたまま、内臓処理もしない状態でしょう？不衛生だし、下処理もせず丸焼きなんて、臭みがまわってひどいことになる。本当に食べてもらいたいなら、ナイフで捌いてもらうべきです。そうしたら骨はスープに、内臓はソースに、肉は煮込んでも焼いてもいい。残った皮は水筒にもなる」

「さすが料理人は目のつけどころが違う」

勢いこんでおとぎ話に抗議する水崎に、今度は秋場が苦笑する番だった。

「犠牲になってくれる命を無駄にしないのが、料理人の誠意ですから」

そう言って、胸をはったところで、入り口の扉が開き、二人は声を揃えていらっしゃいませと笑顔を作ったあと、今日一人目の客に目を丸くした。

「こんにちは」

そこにいたのは薔薇の花束とシャンパンのボトルを抱えた桐谷だった。

どこの夜会に行くのだというブラックスーツ姿は、まさにスクリーンから出てきたようで、正直、白昼の下町ビストロには場違いだった。

「雑誌読んでいただけました？」

自分の姿がどう映っているのか自覚しているのかしていないのか、ミスター・ハンサムは期待したまなざしで水崎たちに尋ねてきた。

「え……ええ、良い記事を書いていただいてありがとうございます。わざわざいらしてくださったんですか？」

戸惑いつつ、水崎は彼からプレゼントを受け取った。大げさすぎるが、記者というのは、ずいぶん手厚く対応してくれるものなのだなと感心していた。

けれど桐谷は、いや、と口元をもぞつかせた。

「実はあの記事、フードライターとしての初仕事だったんです。それで、反響が気になってしまって」

「えっ。そうなんですか」

水崎は素直に驚いた。あんなに落ち着いて、ベテランのような態度だったのに、初めてだなんて。本当に役者みたいだ。そうじゃなければ詐欺師《さぎし》だ。

とはいうものの、もちろん腹は立たなかった。誰にだって初めてはあるだろうし、記事はとても気に入っていた。

「読者さんからの反応がどの程度のものか知りたくて、つい来てしまいました」

心配で、いてもたってもいられなかったと、はにかんで告白する桐谷の姿は、最初のときの強引さからも、取材のときの落ち着いた様子からも想像できないものだった。

「でも今朝発売されたばかりですから反響はまだわからないものじゃないですか？」

「ええ、普通はそうでしょうが。情報の早い人は行動力もあります。昨夜は雑誌のＳＮＳでもこの店について軽く触れたので興味を持った人もいるでしょう」

「へえ、そういうものなのですか」

水崎は、入り口に一番近い席に桐谷を通した。

この調子だと、桐谷は読者の反応が確認できるまで、何度も通ってきそうだ。

その間に、あのメニュー以外にも、桐谷が気に入ってくれる料理ができれば嬉しいな。

シャンパンのコルクを抜きながら、水崎は桐谷との縁を感じていた。

メジャー雑誌の影響力はすごいな、と、水崎がしみじみ実感したのは、それから一週間後のことだった。

最初の三日間は忙しすぎて記憶が飛んでいる。

一日に何件も予約の電話が入り、開店と同時に新規の客が押し寄せた。混雑する時間は満席になり、断ることもあったほどだ。

あっというまに今月の予約ぶんは満席だ。秋場も毎日ランチタイムから働いてくれている。市場での仕入れは手持ちで運ぶのは難しい量になってきていた。

雑誌の反響は一時的なものだと理解している水崎は、毎日、新規の客も常連も、満足して帰ってもらわなければと、料理を作るプレッシャーも強かった。

そんな日々にも、桐谷は定期的にピジョノーを訪れてくれていた。

いつも店が一段落する時間にふらりと一人で入店し、カウンター席で料理を黙々と食べ、終わるとすぐに帰ってゆく。

水崎は、それをありがたく思いながらも、彼との距離をはかりかねていた。

今の店の繁盛があるのは桐谷のおかげだ。相談にも親身に乗ってくれたので、他の客と同じような対応は薄情な気がする。だからといって、あまり親しげに話しかけるのも、媚びているように思われるかもしれない。

そもそも彼が最も気に入ってくれていたソースは失敗作だ。それをいまだ言い出せない罪悪感も日に日に増している。

そのため、水崎は桐谷が来るたびに、厨房から客席をもじもじと覗《のぞ》くばかりで出て行こうとしない、引っ込み思案の店内ストーカーのようになってしまった。

「仲良くなりたいのならもっと積極的に話しかけなよ。ここは君の店なのだから一人を特別にしたって誰も咎めないよ。特別扱いされるのは嬉しいものだよ」

好きな人に告白できない小学生のようだと茶化《ちゃか》して、秋場は水崎を焚《た》きつけようとする。

「まあ、それはそうなんだけど、仲良くなりたいかどうかもわからなくて」

水崎はもだもだと秋場に釈明《しゃくめい》した。

取材に来てくれた時は、桐谷との会話は楽しかった。お祝いのシャンパンを持って店に来てくれたときも嬉しかった。でも血入りソースを出したことを言い出せないままだという、秋葉にも教えていない負い目がある。

それに、最初に来店したとき、おもむろに手を握られたことは、やはり受け入れられない。水崎は人に触られるのが嫌いなのだ。そもそも初対面でグイグイ迫るなんて馴れ馴れしすぎだ。あんなふうにまた接触されたらと思うと、つい及び腰になってしまう。

そして結局、いつも彼が帰るときに見送りに出る程度しかできないままでいる。

桐谷のほうは、水崎の懊悩《おうのう》に気づいている様子もなく、毎回にこやかに、ごちそうさま、また来るよと言って帰ってゆく。

階段を下りたら、一度だけ振り返って水崎に向かって手を振ってくれる。そしてその後は一度も振り返らない。

水崎はいつも彼の姿が向こうのビルの角に消えるまで見送っていた。

何度も来てくれるということは、それなりに、水崎の料理を気に入っているのだろう。けれど少なくとも水崎が覗き見する限りは、桐谷は黙々と、特に表情を変えるでもなく皿の上のものを丁寧に平らげてくれるだけだ。最初のときのように、我を忘れるほどの熱意を見せることはない。

あの興奮に染まる顔を怖いと思っていたのに、見られないとなると残念に感じるのだから、強欲なものだと水崎は自分を戒めた。


そんなある日、水崎はふたたび質の良いフィレ肉を手に入れた。今度は奮発《ふんぱつ》して一本まるまるの購入だ。

長さ五十センチほどの貴重な部位は、きめが細かく弾力があり、前回に劣らぬ品質だ。一本のフィレのうち、最高級の部位と呼ばれるシャトー・ブリアンは中央後ろがわの一番太い部分で、全体の三分の一にも満たない。前回のトゥルヌドという部分はそこよりも頭部に近く若干細い部位で、そこを入れても、ソテとして使うのは半分といったところだ。

もちろん、手に入れた食材はできる限り使う。それぞれの部位に合わせて幾つかレシピを考えつつ、余分な脂肪や筋を取り去り、糸で結んで成形し、殺菌のための高温短時間の加熱をしたあとは一度冷やし、再度ゆっくりと最適な温度で加熱しておくまでが下ごしらえになる。

　ちょうどその日、桐谷はやってきた。

　彼は今日のおすすめに書かれたフィレ肉にすぐさま気がついてくれた。

「ああ……これがまた食べたかったんだ」

　桐谷はごくりと喉を鳴らし、その見惚《みほ》れるほどに美しい指を黒板リストのフィレの文字の上に、うっとりとさまよわせる。

「それは良かったです。今回もいい肉ですよ」

「今回もレアのソテで？」

「ええ。もちろん」

　楽しみにしている、と桐谷は待ちきれない様子で水崎を見上げてきた。期待のためか目が潤んで輝いていた。ぞくぞくするような顔だった。

　水崎は前回のソースの失敗を挽回しようと、張り切って調理にのぞんだ。鉄板は開店と同時に加熱をはじめて、最高の状態になっている。ソースも改良を重ねた。赤ワインは独特のコクがあるシノン産に、乾燥いちじくを加え、脂は牛の骨髄脂肪を使った。

　今のところ、オーダーした人たちはみな絶賛してくれている。

　つきっきりで火入れしたフィレ肉は、その表面にうっすらと血が滲んでいる。全体は理想的なロゼ色で、我ながら惚れぼれする仕上がりだった。

皿は秋場が運んだが、桐谷の反応が気になった水崎は、常連客に挨拶をするついでを装って客席をまわりながら、彼の様子をちらちらと窺った。

桐谷は皿が運ばれてきたとき、かすかに口元をほころばせた。今日は気温が高かったせいか、カッターシャツ一枚の背中ごしにも、これから食べるぞという気合が窺える。

どきどきと盗み見る水崎の前で、桐谷は、まるで焦らすかのような緩慢《かんまん》さでナイフとフォークを手に持ち、そっと切り分けると、大事そうにその肉片を口に入れた。

味わうことに集中するためか、目を閉じて、ゆっくりと咀嚼《そしゃく》する。頑丈そうな顎が、それに合わせて動いている。

けれど、ごくりと喉仏を一度動かした後、彼は目を開けるとカトラリーを皿に置き、細くため息をついて肩を落としてしまった。

失望した、という感想が、聞かずともわかるほど、あからさまな態度だった。

自信があっただけに、水崎はその反応にショックを受けた。

水崎はふらふらと厨房に戻って、コールドテーブルに両手をついて深く息を吐いた。一体何が不満だったのか。何がそんなに彼を失望させてしまったのだろうか。

そうやって、ぐじぐじと悩んでいたが、しばらくすると腹が立ってきた。

そんなわけがない。

あのソテは、前回よりも絶対においしく仕上がっていた。絶対だ。それが理解できないなら、桐谷の味覚に問題がある。もしかすると、あの記事はでたらめなのかもしれない。だとしたら、あれを読んで来てくれた客を騙していることになり、それも腹に据えかねた。

水崎は内気で控えめな性格とはいえ、プロの料理人なのだ。順風満帆《じゅんぷうまんぱん》とは言い難いが、自分の腕と舌を信じていたからこそ、ここまでやってこれたのだ。料理の世界は競争が激しく、納得できないことにしっぽを巻いていては出世はのぞめない。そんな環境に長年身を置いてきた。

前回の失敗作よりも今回の完成形が劣っているなんて、あってはならない評価だ。水崎は大事なプライドを傷つけられて、黙っているわけにはいかなかった。

「今日の料理はいかがでしたか？」

桐谷の見送りに店の外に出たときに、水崎は思い切って問いかけた。

「おいしかったよ」

反射的な態度でそう答えた桐谷は、表情の硬い水崎に気がつくと、愛想笑いをやめた。そして顎を突き出し眉を跳ね上げるという、少々威圧的な様子で口を開く。

「そうだな、正直に言えば、あのフィレのソテだけは、前のほうが断然良かった。今日のも悪くない出来だけれど、わざわざ君の店で食べなくてもいい味だった。つまり、見かけ通りで、何ひとつ逸脱《いつだつ》していない。残念だよ。何故ソースを変えてしまったんだ？」

あまりに率直な意見が返ってきたので、水崎は怯んだが、彼から目を逸らさないように目元に力をこめた。確かに今回は保守的な組み合わせだったかもしれない。けれどやはり、前回よりも劣っているというのは納得いかない。

「実は前にご提供したソースは、試作中のものだったんです。僕はあれに納得していない」

とはいえ、まさか失敗作を出してしまったと正直に言う勇気まではない。

「そんなことはなかったよ」

桐谷は、心外だとばかりに眉間に皺を寄せた。

「あのソースは斬新《ざんしん》だった。赤ワインとエシャロットをベースにバターと黒トリュフという、スタンダードな組み合わせだが、何か僅か……本当に、ほんの僅か、一度も味わったことのないものの味がした。あの僅かに異質なものが、肉の風味を驚くほど引き立てて、挑発的な仕上がりにしていた。あれは一体何だったんだ？　あれから何度もあのときの官能を反芻《はんすう》しているんだがどうしてもわからない。多分、フレッシュな……恐らく血を使ったジュだと思うが、一度も味わったことのないものだった」

「……」

水崎は桐谷のその指摘に絶句した。

何ということだ。彼の舌は鈍いどころか、おそろしく鋭いようだ。

確かにあのソースには、水崎がうっかり落とした血が混じっていた。しかしそれはほんの僅かな量で、フィレから滲みだす血と赤ワインの濃厚なソースに混じれば、まずわからないはずだった。

だから驚きと同時に、怖くなった。

だとしたら、目の前の男は、水崎の血の味に夢中になっているということになる。

「よろしければ、何の隠し味だったか、教えてくれませんか？」

「いえ、それは企業秘密なので……」

「もう使うつもりもないのに？」

すくみ上がっている水崎に気づかない様子で、桐谷はしつこく尋ねてくる。

水崎は一刻でも早く桐谷から逃げ出したくなって、強い調子で声を上げた。

「ええ、二度と使うつもりはありません。桐谷さんがいくら通ってくれたとしても、あなたの求める皿は出せません。もちろん、何を入れたかをお教えする気も一切ございません」

強すぎるほどの拒絶の態度をとったのに、桐谷は目を見開いてみせただけだった。

「そうなのか。それは残念だけれど……まあいいよ。また来るから」

おまけに、微笑みすら見せている。

「えっ……あの、どうして？」

まさか話を聞いていなかったのか？　と戸惑う水崎を前に、桐谷は目を細めた。

まるで、だだをこねる子供を、可愛いなと眺めるような表情で。

「どうして、って、俺がこの店を気に入っているからだよ。料理も、雰囲気も、もちろん、シェフである君のことも」

僅かに身をかがめ、顔を近づけてくる桐谷に、水崎はたじろいだ。彼の目は深くて、力がある。それは賭け事などの、人との心理戦を楽しむタイプの人間特有の目だ。

「君だって、俺のことをけっこう気に入っているんだろう？　俺は職業柄、人の視線には敏感だ。君はいつも俺が来ると、ちらちらとこちらを窺って、俺の反応を気にしている」

「自意識過剰なんじゃないですか？」

そのとおりだったので、かっとした水崎はつい言い返してしまった。

「あんなに官能的なソースを作れるシェフが、こんなにシャイなんて。しかもこれだけ褒めても納得できないものは出さない頑固さだ。興味深い」

桐谷が、密なまつ毛を伏せて、喉を鳴らすようにして、低く艶のある声で囁く。

逃さないと言わんばかりに桐谷の顔が近づく。息がふきかかりそうなほどに。

「やめてください！」

耐え難い恐怖にかられて、水崎は桐谷の胸を思いきり押し返した。

「つっ」

力加減を誤ったのか、桐谷が思わず、といったふうに声を上げる。

「あっ、すみません。失礼を」

その声に水崎は我に返って、うろたえた。

「……いや、驚いただけだよ。こちらこそ悪かった。調子に乗って」

桐谷は水崎を片手で制して、気にしないで、と、目を細める。

「君が俺のことを嫌っているみたいだから、意地悪をしてしまった」

「そんなこと……」

「俺が来るのが嫌なら、もう来ないから安心して」

寂しそうに言うものだから、水崎はますます慌ててしまう。

「いや、違うんです、そうじゃなくてあの」

両手をばたばたとさせて、水崎はなんとか取り繕おうとした。

「実は僕、接触嫌悪の気があるんです。なのであんまり近づかれるのはちょっと……」

「ああ、なるほど」

彼は合点《がてん》がいったとばかりに目をしばたかせた。

「それは気づかなかった。申し訳ないことをした。サービス業なのに大変だね」

「いえ……触れられなければ平気なので、そんなに困ることはないのですが」

「触れられなければ大丈夫なんて、それでは根本的な問題は解決しない」

「根本的な解決？」

「つまり君に誰か気になる相手がいても、君はその人に触れられない、ってことだろう？　問題だよ。困るだろう？」

「いえ……特に気になる相手もいないし、一人が楽なので……」

「それはきっと君の気持ちにも人との壁があるからだよ。困ったな」

何故あなたが困る必要があるのか。

首をかしげる水崎の前で、桐谷はまるで自分自身の問題のように唸って顎に手をあてた。それから、水崎を見つめて、何かを思いついたように、ぽんと手を叩いた。

「そうだ、お詫びに、俺がそれを治す手伝いをしよう」

「えっ？」

「免疫療法みたいなものだよ。段階的に接触に慣れていくんだ」

「いえ？　そんなことまでご面倒をおかけするわけには……」

桐谷は、名案だとばかりに目を輝かせて、こりもせずに身を乗り出してくる。

水崎は彼の理論に、まったく理解がついていかない。

「もちろん、ただでとは言わない。君の接触嫌悪を俺が見事治したら、あのソースの秘密を教えてもらおう」

「教えませんからね？」

何を言い出すのだと、水崎は混乱した。

「まあ、それでもいいよ。来週は水曜に来るから待っていて。カウンターでいいから」

「カウンター席は予約できませんからね」

「いいよ。まずは君は俺と友達になろう」

「なんでですか」

「仲良くなれるよ、きっと」

そして桐谷は爽やかに笑った。

全ての問題は解決して、二人の間には何のしこりもないとばかりに。

ぽかんとした水崎を置き去りにして、それじゃあと彼は踵《きびす》を返して階段を下りていった。

いつものように、下りたら一度振り返る。笑顔で手を振って、再び前を向くと、あっという間に遠ざかってゆく。

全然許可なんかしていないのに、いつのまにか決定事項になっていることに、水崎は愕然とした。なんだか、化かされたような気分だ。

けれど不思議と腹は立たなかった。

それどころか、ほっとしている。

桐谷は失望していない。怒ってもいない。それどころかまた店に来ると言ってくれた。

嬉しかった。

それから半月たち、一ヶ月経過し、ビストロ・ピジョノーはますます繁盛していった。懐にも余裕ができたので、水崎は思い切って、市場からの仕入れ用に、荷物が沢山積める中古の軽自動車を購入した。都心は駐車場代が高いし交通網が発達しているので、経営が安定するまでは車を持たないつもりだったが、やはりあると便利だ。

「一度波に乗れたら次々とうまく行くものさ。水崎君は才能があるんだから、当然だ」

秋場はまるで自分の孫に対するように水崎の成功を褒めてくれた。

仕事を引退したあとは、のんびりしたいと言っていたのに、忙しい店を手伝うことを心から喜んで、楽しんでくれている優しい人だ。元々動きまわることや、人との会話が好きな性質でもあるのだろうが。

水崎もまた、連日厨房をこまのように動き回り、閉店後は電池が切れたように寝台に倒れ込む日々が続いている。けれどそれは充実して、心地のいい疲労だった。今まで少ない量でも嫌な顔ひとつ見せず良い食材を選んでくれていた取引先にも恩返しができるし、この調子なら店のローンも、予定よりも早く返済できるはずだ。

それになにより、沢山の人に自分の料理を食べてもらえて幸せだった。

おいしいと笑顔を見せてくれたり、盛り付けが綺麗だと歓声を上げてくれたり、それでテーブルでの会話がはずむのが嬉しい。店に来てくれた人の一日が、少しでも豊かなものになるのなら、料理人冥利《みょうり》につきるというものだ。

人との触れ合いは苦手でも、料理によって誰かと通じられるのは、水崎にとって最も嬉しいことだった。きっとそれが自分に合った愛情表現なのだと水崎は思っている。自分の料理を食べてくれる人のことは、みんな愛していると言ってもいい。

名が知れるようになったきっかけが失敗作であることは、思い出すたびに後悔で塵《ちり》になりそうだったが、紹介してくれた人々の顔に泥を塗るようなことは決してしないよう、気を抜かないことが罪滅ぼしになるだろうと、気持ちを切り替えたところもあった。

しかし人気が出たおかげで、飛び込みの客が通せなくなったという問題も出てきた。ゆっくり食事を楽しんで欲しいため時間制はとらず、せいぜい良くて二回転の状態で、かつ席数も少ないので、どうしても無理が出てくる。

商店街の顔馴染みすら、断ることが多くなった。

人気が出てきたんだから仕方がないよ、と彼らは言ってくれるが、水崎は彼らが店から遠ざかってしまうのは嫌だった。馴染みの客は大事にしなければいけないということは、どの店でも教えられてきた。

それで水崎は、厨房の入り口にカレンダーをかけて、希望日にマジックで名前を書いてもらえれば、席を押さえておくことにした。今までのような大人数は難しく、せいぜい四人席かカウンター程度のものだが、彼らは喜んでそれを使ってくれている。

「今日も繁盛しているね」

それよりも困っているのは桐谷の扱いだ。

いくら店に人気が出ても、彼は予約なしでやってくる。

せめて前日にでも連絡をくれたら席を用意すると言っているのに、フリーランスという職業柄、急に予定が入るのはざらなので、迷惑をかけたくないというのが彼の言い分だ。

別に用事ができたら断ってもかまわないと水崎が言っても、予約をキャンセルするのは気が咎めるので嫌なのだという。

今日も取材先の駅で見つけたという日本酒を手土産《てみやげ》にアポイントなしでやってきた。二〇時過ぎの到着で、ちょうど早く入店した客が帰る時間帯を狙ったようだが、タイミングが悪く入れ替わりが終わったところだった。

「だからせめて開店前に言ってくれたら一席くらいリザーブするのに」

「気にしないでいいよ。また来るから。これを渡したかっただけなんだ。最近フレンチに日本酒を合わせる店も多いみたいだから、試してみたらどうかと思って。フルーティで白ワインみたいな風味があるんだ。君のところは女性客が多いから人気が出るかもしれない。興味があれば蔵元《くらもと》も紹介できるから言ってくれ」

特に残念がることもなく、嬉々《きき》として自分の手土産の説明を始める桐谷に、水崎は複雑な気分だ。

満席で入れなくてもまた来ると言ってくれるのはありがたい。でも全然気にしていない様子なのは、それはそれで引っかかる。

「でも先週も案内できなかったし……」

水崎は、中にすら入ってこようとしない桐谷に、恨みがましく訴えた。先週の彼は駅前で買ったという花束を持ってきた。テーブルに飾るのにちょうどいいだろうと渡された小さなヒマワリは可愛らしかったけれど、すぐに水がぬるつくので、こまめに世話をしなければならなかった。そのせいで水崎はその花に触れるたび、花だけ渡して帰っていった桐谷の笑顔を思い出すことになってしまい、ずっともやもやとしていたのだ。

「じゃあ、申し訳ない代わりに俺と握手しよう」

「何故そうなるんですか」

水崎は口を尖らせる。

桐谷は水崎の接触嫌悪症を治すという宣言もきちんと守ってきた。おかげで桐谷はこんなふうに、脈略なく水崎に握手を求めてくる。少しずつ他人との接触に慣らすためなのだろうが、水崎としてはたまったものではなかった。

水崎はいつも意識的に、他人に触れないよう生活している。ラッシュの電車には乗らず、人の過密な場所には行かない。市場の混雑もできるだけ避け、日用品は通販で間に合わせる。結果、仕事以外では完全な引きこもりだが、人疲れするよりはましだと思っている。

日常的に触れるものはひんやりとした食材や硬い調理用品ばかりだ。他人の肌に触れる機会のない水崎の肌には、桐谷の手の感触がいつまでも残ってしまう。

桐谷にとっては握手など、挨拶程度の些細《ささい》な接触なのだろうが、水崎にとっては魚が人に触られるくらいに大変なことだ。下手をすれば熱さで身焼けしてしまう気がする。

気軽に言ってくれるなと、水崎は彼を訴えたいくらいだ。

それでも桐谷に手を差し出されると、水崎はその指から目を離せなくなる。桐谷のすらりと長い指も、よくよく見ればペンだこの固くなった部分があり、あんがい節が目立ってごつごつしていることに気づくのだが、それは彼の美しさを生々しく引き立てるばかりだ。しかも無防備にひらかれている指は、水崎に触れられるのを待っているのだ。

「ほら、がんばって」

釣り餌に群がる魚は、きっとこんな気分に違いないと思いながら、おそるおそる水崎が手を差し伸べるあいだ、彼の手は、静かに待つばかりでこちらに近づくことはない。

水崎はずいぶん長い時間をかけて肘を伸ばし、ようやく指先だけ、ちょこりと桐谷の指にあてると、彼の指が動く前にさっと離した。

「ありがとう」

ほとんど握手とも言えない触れかたに、桐谷は嫌がることなく、お礼まで言ってくれる。

「感謝するのはこっちの方なんですけど……」

「俺の勝手な治療に付き合ってくれているんだからお礼を言っているんだよ」

「勝手な、ってことはわかってるんですね」

鷹揚《おうよう》な彼に、自分の器の小ささを見せつけられているようで、つい、憎まれ口をきいてしまう。

「はは。水崎さんは結構言うね」

けれど、そのまま興味を失ったかのように、ふいっと離れてゆく桐谷の手の素っ気なさがさみしくて、水崎はとっさに彼のシャツの袖を掴んでしまった。

「何か？」

桐谷がびっくりした顔を水崎に向ける。

「いや、その……」

水崎自身、どうしてそんなことをしてしまったのか理解できず、目を泳がせた。けれどどうしても、桐谷にそのまま帰って欲しくなかったのだ。

だって、これでは、桐谷はただ水崎と握手にも満たない接触をしただけで帰ることになる。つまり歓迎もしてくれない愛想無しの料理人の悪癖をなおすためだけに、多分仕事上がりの空腹を抱えて、わざわざ訪れたことになる。それでは、あまりにも割が合わない。

「試作品があるんです。よければ味見して欲しい。食後のデザートだけど」

苦し紛れに口に出したことは、一応、嘘ではなかった。

「あなたが先週くれた花があったでしょう、ちいさなヒマワリ。あれをイメージして……」

桐谷をぐいぐいと厨房まで引っ張っていって手を洗わせ、アルコール消毒し、間に合わせのエプロンをかけさせて、厨房の端に置いた椅子に腰掛けさせた。桐谷は大人しくなすがままだ。

「そこを動かないでくださいね。ここは刃物も出しっぱなしだし火も油もかけっぱなしなので危ないですから」

釘をさすと、水崎は冷蔵庫から出した皿を桐谷に差し出した。

試作品は嘘ではない。けれどこれは、桐谷がそろそろ来るだろうと見越して作っておいたものだ。先日の花束のお礼のかわりに。

「これがヒマワリ?」

出された料理に対する、桐谷の疑問も、もっともだった。

「レモンのタルトをモンブランみたいに盛り上げたんです」

最初は一輪のヒマワリの花をイメージして、アンズのプリザーブで表面をコーティングした円形のタルトレットの周囲を、花びらみたいな薄切りのレモンで飾ってみたのだが、何となくイメージではない気がして、試行錯誤の挙げ句、土台の上にレモンクリームをドーム状に盛り上げ、その表面にレモンのコンフィを限界まで貼り付けてみた。

「言われてみればそうかな。ヒマワリの山みたいだ」

「グレナデンシロップでコンフィにしたレモンの薄切りにあんずのプリザーブを塗っててつ

やを出したんです……そう、ひまわりの花束みたいに」

そうだ、あなたの持ってきてくれた、ひまわりの花束を再現したかったのだ。

心の中でだけ、水崎は追加の説明をしながら、桐谷の前にあるテーブルにランチョンマットを敷いた。そのテーブルは水崎が帳簿をつけたり、レシピを考えたり、軽食をとるために使っているものだ。

調理学校時代にアンティークショップで一目惚れして、奮発して買って以来、ずっと大事に使っている。テーブルは調理台でも間に合わせられるのだが、書き物や食事のときは木のぬくもりがあったほうが気が散らなくて良いのだ。

「すごく美味そうだ」

それに綺麗だ、と、桐谷は素直に花束のケーキを褒めてくれた。

質のいいウォールナット製のテーブルのトップを、桐谷の手が無意識に撫でている。水崎はこのテーブルがここにあって、本当に良かったと思った。

「お飲み物は何になさいますか？」

「甘いものにはコーヒーだけれど、まずはスパークリングワインかな。外は暑かったから」

「ではタルトは食後に。前菜に、桃にモッツアレッラと生ハムなどはいかがです？」

「いいね、魅力的だ」

水崎はできるだけ自然に振る舞いながらメニュー表を桐谷に渡した。彼は屈託なくそれ

を受け取って目を通す。ここで食事をしてくれるつもりでいるらしい。桐谷が水崎の意図を理解してくれたことが嬉しかった。

「精をつけたいなら牛ロースのソテに粒マスタードソースがたっぷりかかった一皿などはいかがでしょう？　桐谷さんのお土産のお酒に合わせるならヒラメのマリネなど」

「じゃあそれを両方。あとは野菜かな。前のゼリー寄せおいしかったよ。喉越しが良くて」

「今日は透明なトマトのジュースで作ってみたのがありますよ。アミューズも野菜のディップです。これがナス、こちらがにんじん。パンにつけてどうぞ」

桐谷と会話を交わしながら、水崎はくるくると働きはじめる。

本当は、先週も、桐谷をここに誘おうと思っていた。ためらったのは、厨房に誰かの気配が混ざることで作業に集中できなくなることをおそれたからだ。だが考えてみれば、忙しくなった厨房にはひっきりなしにオーダーが入って、そもそも一人きりでもないので、大丈夫かと思ったのだ。

それに、桐谷の気配は心地が良い。

「さすが手際がいいね」

タルトを冷蔵庫に戻し、アミューズとグラスを用意しただけで、彼は感心している。

「食べる専門の俺からすれば、魔法でも見ているようだ」

「一度作ってみるといいですよ。食べることが好きな人は作る方にも案外はまるものです。

それに桐谷さんは舌が肥えているから多分いい料理人になれますよ」

「そうだなあ、漬物やサラダくらいなら作るんだけれど」

「案外あっさりしたものが好きなんですね」

「いつも仕事でこってりしたものを食べるからね。でも水崎さんが作る料理はバターたっぷりでも胸焼けしないから好きだよ」

「それは……いい素材を使っていますから。それにいちおうフランス料理ってことになってますが、日本ふうにアレンジしたものも多いからじゃないですかね。何だったら、漬物と焼き魚だってお出しできますよ。お茶漬けだってある」

　桐谷がなにげなく口にした、好き、という言葉が、妙に耳に残って、水崎はむずむずと落ち着かなくなって、無意味に何度も手を洗った。

「ふふ。それも魅力的だが、せっかくビストロに来たんだからメニューにあるものにするよ。水崎さんの料理は、フレンチでも味がしつこくないし、滋味《じみ》がある」

「本場のフランス料理と日本のフランス料理は違うものだと割り切って作っていますから。本格的だって言われるよりも、日本人の舌に合うように工夫して、美味しいと言ってもらえるほうが嬉しいんです。僕は、手のこんだ家庭料理を目指しているんです」

「そんな感じがするね。水崎さんにとって、料理に大事なのは？」

　インタビューめいた口調に、水崎は笑って料理の手を止めて振り返った。

「それはもちろん、愛情ですよ」

母親の口癖だったことを、冗談半分で口にしたのに、桐谷は目を丸くして、ふいを衝《つ》かれたような顔をしていた。

「……だって、こんな面倒な仕事、愛情がなければやっていけないでしょう？　料理人なら、みなそう言うと思いますよ。まあ本音は、どれだけ上手に食材から水分を抜くかですけど」

勢いで口にした言葉に恥ずかしくなって、もごもごと水崎は早口で付け足した。母はいつも涼しい顔で、愛という言葉を口にしていたけれど、水崎には早すぎた気がする。

「なるほど、愛情は大事だね」

桐谷は見開いた目をゆるめて、口角を上げた。

「だったら俺は毎週水崎さんの愛情を食べに来ているのかな」

そんなことを言うものだから、今度こそ水崎は頬を赤くした。

「さすがライターさんは調子がいいことを言う」

照れ隠しに、そんな憎まれ口を叩くと、桐谷は不自然に水崎から目を逸らした。

「まあそうだね、職業病なのかも」

俯きがちに、落とした声でつぶやくので、水崎はひやりとした。

もしかして、気に障ったのだろうか。

「君の料理が美味しいから、口も喜んで軽くなるんだよ」

暗い様子は一瞬のことで、桐谷はすぐに調子を戻したけれど、水崎はそれが気のせいだとは思えず、気をつけようと心に留めた。


ぽつぽつと会話をしながら、その日、桐谷は閉店間際まで店にいた。

「今日はありがとう。特別な席を用意してもらって申し訳なかったな」

「いえ、落ち着かない場所にご案内してしまって。こちらこそ……」

二時間ほど彼の近くにいたから慣れたのか、水崎の口角は自然と上がった。

今日は桐谷のことを沢山教えてもらった。さっぱりした料理が好きと言いながらも、甘いものはしっかり甘いほうが好きなこと。色の綺麗な食べ物に惹かれること。車は外国のスポーツカーでもオープンカーでもなく、友人から譲り受けた古い自動車で、先月とうとう動かなくなってしまったこと。住んでいる場所はここからそう遠くないけれど乗り換えが面倒なので、帰りは腹ごなしついでに、ひと駅分ほど歩いていること。

「決して桐谷さんのおしゃべりがうるさいから隔離したわけじゃないですからね？」

「ふふ。俺の美声を聞きながらの料理も、たまにはいいと思ってくれるといいんだけど」

桐谷は水崎の軽口を受けて、嬉しそうに含み笑いをしたあと、片手を伸べてきた。

「じゃあ、お別れの握手」

「……さっきもしたじゃないですか」

「今日はもうちょっと長く触れ合えそうな気がしない？」

「何を根拠に……」

呆れた声を作りながら、水崎はやはり桐谷の指に吸い寄せられた。

先程までナイフとフォークを慣れた様子で操って、ときどき行儀悪くテーブルに肘をのせて、水崎の働く様子をにこにこと眺めていた桐谷の顔を支えていた手だ。

怖いと思っているのと同じくらいに、触れたいと思っている。

水崎は、どきどきしながら、彼の手の甲に自分のそれを寄り添わせた。触れ合った肌は暖かくて湿っている。夜風が冷たいからか、水崎はその温度を心地よく感じた。

やがて桐谷の綺麗な指先がぴくりと動き、水崎の手をノックする。水崎がそれに応えてそっと指の股を開くと、その隙間に、熱い彼の指がするりと滑り込んできた。

ゆっくりと絡み合い、皮膚を通じて熱が混じり合う感触がなまなましい。

「水崎さんの手は冷たいですね」

いつもよりも甘く響く、桐谷の声が耳元に流れ込む。水崎は胸の不思議なむず痒さに襲われて落ち着かなくなった。

「……料理人の手は冷たいほうがいいんですよ」

けれどそれも一分にも満たない出来事だった。大切そうに触れていた彼の手は、急にほどけて、水崎の手から離れてしまった。

綺麗な魚に逃げられたような気分で水崎が視線でそれを追うと、ふいに彼の手は戻ってきて、水崎の顔の高さまで持ち上がってきた。間近にある手のひらからの放熱に、水崎はぴくりと固まった。

「また来るよ」

桐谷の指先は、水崎の頬に触れない距離で、優しく撫でるような動きをすると、今度こそ、持ち主の体の脇におとなしくぶらさがった。

そしていつものように、階段を下りてゆく桐谷を、水崎は見送る。

いつものように一度だけ振り返り、いつのもように颯爽と去ってゆく。

その間、水崎は無意識に、桐谷が触れなかった自分の頬を、何度も撫でていた。

触れられたわけでもないのに、頬が火照《ほて》って、溶けてしまいそうだった。


「水崎くんは、もう桐谷くんが来た時にいちゃいちゃしないの？」

「は？」

店の忙しさが少し和らいだ時間、秋場から唐突にそんなことを尋ねられて、水崎は何のことだかわからず目を白黒させた。

「いちゃいちゃ？」

水崎には聞き慣れない言葉だが、秋場は当然とばかりに深く頷いた。

「前まで、桐谷くんが来たら、入り口で二人でぼそぼそもじもじして、二人にしかわからないことをひそひそ言い合って笑ったりして、いちゃいちゃしていただろう？　あれが見れなくなって残念がっているお客さんがけっこういるみたいだよ」

「お客さんが？」

水崎は愕然とした。考えてみれば店の入り口は、どの席からでも視界に入る場所だ。あんな場所で男二人で握手をするだのしないだのと、バカみたいな攻防をしていたら目につくいてしかたがないだろう。

「そう。仲が良さそうで微笑ましいらしくて、二人のいちゃいちゃを楽しみにしている人もいるんだよ。それも、一人や二人じゃなく」

「いや、仲は悪くなってないですけど……」

あれからも桐谷は週をあけずにやってくる。最近はスポーツ選手がよくやるような、拳《こぶし》や手を軽く合わせる挨拶程度なら、応えられるまでになった。なので、別に仲が悪くなったわけではない。むしろ打ち解けてきたほうで……。

いや、問題なのはそこではない、と水崎はぶるぶるとかぶりをふった。

別にあれはいちゃいちゃしていたわけではない。

「誤解です。あれは桐谷さんが僕の接触嫌悪を治そうとしてくれているだけで」

「いいじゃないか、いちゃいちゃ。最近は男の子同士でもいちゃいちゃするのが流行っているんだろう？　いいねえ。僕らの若いころはマッチョ思考だったから、馬鹿にされるからできなかったんだよ。仲の良さそうな二人っていうのは性別関係なく微笑ましいものだと、僕の時代にも理解があればよかったんだけどねえ」

秋場は少々理解のずれた寛容《かんよう》さを持って、うんうんと頷いている。

別に男の子同士のいちゃいちゃが流行っているわけではないと思うし、三十代は男の子でもない。そもそもいちゃいちゃではない。

訂正したいところが多すぎて、水崎は結局、はあ、と気の抜けた声を出した。

「だから人の目を気にしているんだったら皆は別に」

「いえ、気にしているとかじゃないです」

「僕の息子はね、今ロンドンにいるんだけど、あっちの男友達はお互いを引き立て合うよう服なんかをコーディネイトするらしいよ。女の子もそういうの好きらしいんだよ。洒落てるねえって僕は感心したよ。君と桐谷くんも、ハンサムな客とシャイで可愛いシェフの組み合わせが素敵だって女の子のお客さんに言われてたぞ。羨ましいな」

「シャイ……」

水崎は思わず唇をひん曲げた。自分ではフレンドリーに接客しているつもりでいたのでシャイという評価は不本意だ。そういえば桐谷にもシャイだと言われたな。

……いや、それよりも、秋場さんはいったいお客さんたちと何の話をしているんだ？

不安になって尋ねようとしたとき、戸口のベルが鳴って、見慣れた顔が入店してきた。

「いらっしゃいませ、ハンサムボーイ」

今君の噂をしていたところなんだよ、と、秋場が嬉しそうに桐谷に寄っていくので、水崎はなんとなく焦って彼を引き止めた。

「なに、俺の悪口でも言ってたんですか？」

「いや、なんでもないんです」

興味深そうな桐谷の前に、水崎は秋場を隠すように足を進めて愛想笑いをした。横目で盗み見れば、確かに客の目がこちらに集中している気がする。

こんな人前で僕は桐谷といちゃいちゃ……。

そんなことを考えて、水崎はかあっと全身に血が巡るのを感じた。

「それより今日は混んでるから。奥に引っ込んでおいて」

水崎は桐谷をぐいぐいと引っ張って、厨房に押し込んだ。すれちがいざま、秋場が小さく口笛を吹く。彼はちょっとお調子者なのだ。

「何、本当にどうしたんだ」

「なんでもない！」

「顔が真っ赤だよ」

俯いて口を引き結んでいると、耳元をそっと彼の指が掠る。彼の指先を冷たく感じて、本当に赤くなっているのだな、と水崎は自覚した。

「なんでもない……ちょっとからかわれて、恥ずかしくなっただけで」

「からかわれて？」

「僕があなたといちゃいちゃしているって」

酷いだろう？　と訴えるつもりで顔を上げると、桐谷は目を丸くしたあと、思いもかけず、くしゃりと笑った。

「はは……それは」

口元に手をあてて、ごめん、笑って。と一応謝ってくる。

「そりゃあ……こんなことくらいで恥ずかしがってるの、ガキみたいだけど」

彼があまりに無邪気な笑顔を見せるものだから、水崎は毒気を抜かれてしまった。

「いや、俺も店先でオーナーをからかうようなことをするんじゃなかった」

「でも、あなたは僕のためを思ってやってくれたんでしょう？」

「そうかな……」

彼は少し含みを持たせた調子で小首を傾げた。

その仕草がやけにセクシーで、水崎はなんだかどきまぎしてしまった。

桐谷は厨房に長居することはなく、一時間もしないうちに食べ終えて、ごちそうさまと水崎に告げた。

「お茶を出しましょうか？」

しばらくはぎくしゃくしていた水崎も、彼と会話しているうちに落ち着いてきた。

冷静になってみれば、ちょっと茶化された程度で動揺する必要なんてなかった。迷惑に思う客がいるわけではないのなら、仲がいい客がいたって問題ないではないか。店の入口でもぞもぞやっていたのは、そりゃあ邪魔だったかもしれないけれど。秋場の言葉が本当ならば、自分たちの関係は、そんなに変、ってわけでもなさそうだし。

「いや、今日は大丈夫。おいしかった、また来るよ」

席を立った桐谷は、ふと、思い出したように鞄を探った。

「そういえばこれも」

取り出された彼の手のひらには、小ぶりのテディベアが乗っていた。

「今日取材したホテルがアニバーサリーでね。客に配っていたんだ。可愛いだろう？」

そう言って、彼はテディの両手を掴むと、それを動かしながら裏声を出す。

「オイシカッタヨ。マタクルカラ、ハグして！」

見かけによらず可愛らしいことをするので、水崎は声を上げて笑ってしまった。

「ボク、ソンナニオカシイコト、イッタ？」

なおも続けて、きりっとした眉を下げて小首をかしげる桐谷の、手のひらのなかでも小さなテディベアが首をかしげてみせている。

「うんうん、ごめんね、ありがとう。あんまりにも可愛くて」

水崎は笑って滲んだ涙を指先で払うと腕を広げ、思い切り勢い良く桐谷に抱きついた。弾力のある彼の胸は、水崎のタックルをしっかり受け止めて、心地良い笑い声を響かせる。

「気に入ってもらえたようでうれしいよ」

耳元で囁かれ、水崎は今更ながら、桐谷に抱きついている自分にびっくりした。

「まさかこんなに熱烈なハグがもらえるなんて」

桐谷の台詞に、テディベアをハグすればよかったのだと気づいたが手遅れだった。

「水崎くん、桃のコンポートを……あッ」

しかも桐谷も負けじと抱き返してきたので、熱く抱擁しあう姿をばっちり秋場に見られてしまった。水崎は、自分の行動をこんなに後悔することになるとは思わなかった。

「今日も人気だね」

それからも変わりなく、桐谷は水崎の店にやってくる。

「今日は満席ですよ」

思わず素っ気なくなる水崎の肩をにこやかに軽く叩くと、桐谷はいつものように秋場と挨拶をかわし、さっさと厨房のほうに入っていってしまう。

「桐谷くんはまめだね」

すれ違いざまに、水崎にぱちりとウィンクしてみせる秋場には悪気がない。

水崎はあれから散々誤解だと説明したのだが、秋場はすっかり水崎と桐谷が付き合っているのだと思いこんでしまった。どうやら水崎と桐谷のハグは、秋場の定義する『仲のいい男の子同士のいちゃいちゃ』からは、はみ出してしまったらしい。

ハグくらい友人同士でだってするだろうと抗議しても、そもそも秋場は水崎が接触嫌悪症なのも、絶望的に奥手なのも把握している。しかも大事にしている厨房に招き入れて笑いながら抱き合っていたとしたら、誤解される要素しか残っていないし、実際全然嫌じゃなかったので言い訳の弱々しさも自覚済みだ。

悄然《しょうぜん》としている水崎とは対照的に、桐谷はすっかり慣れたもので、厨房に入るとジャケットを脱いで、両手を入念に消毒し、コックコートを身につける。これは秋場からプレゼントされたもので、桐谷にぴったりのサイズだ。

秋場の妻は数年前に亡くなり、二人の息子は全く手がかからず、年に一度ほど孫をつれて帰省する程度らしい。そのせいで寂しいのか、秋場は水崎を我が子のように可愛がってくれている。そして桐谷は秋場の四人目の息子としてロックオンされているようだ。

「今日のアミューズはポークリエットです。軽く炙《あぶ》ったバゲットとどうぞ」

「じゃあ今日は軽めの赤から」

誤解されるのは困ると思いつつも、水崎は桐谷と距離を置こうとは思わなかった。

水崎はいつのまにか、多少おかしな噂が立とうとも気にならないくらいには、桐谷に気を許していた。

桐谷は様々な店を食べ歩いているので料理の流行りや盛り付けにも詳しい。

日本料理の手法も取り混ぜているとはいえ、フランス料理の基本からは離れないように心がけていた水崎だが、桐谷のアドバイスで、和風のだしや味噌を使ったメニューを増やした。それらは、魚料理や前菜では、バターや牛のフォンを使ったものよりオーダーが入っている。特ににんじんのムースにウニを乗せて和風だしのジュレをかけたものは人気の一皿だ。

世話になっている仲卸の業者がいつも頑張ってくれているおかげで良いものが手に入っていることもあるが、桐谷のアドバイスも大きいと思う。

何より、桐谷が厨房にいる間、水崎は彼が自分の料理を食べる姿を堪能できる。

「この間紹介してもらった日本酒、すごく人気があるよ」

「そうだろう、絶対合うと思ったんだ」

桐谷は当然とばかりに胸を張る。最近の彼は水崎の前で、まるで自分の家にいるように寛いだ態度を見せるようになった。

子供みたいに長く足を伸ばして、皿を抱えるようにして料理を食べることもある。

正直だらしないのに、不思議と行儀悪く見えない。

水崎は、自分でも意外に思うほど、桐谷の食事姿に惹きつけられるものを感じていた。

確か太宰治の小説に、こんなふうに、マナーにとらわれていないのに、不思議とエレガントな人がいたな、と水崎は思い出す。生来の貴族というものは何をしたって品がいいらしい。きっと桐谷もそういった類《たぐい》の人物なのだろう。

桐谷の食事の所作は独特だ。まるで、優雅な旋律《せんりつ》に合わせて動いているようだ。大きく綺麗な指はなにげなく動くだけで目を惹かれる。薄い唇はスプーンにすくったスープを一滴もこぼすことがない。

形の良い大きな口が開く時に、覗く歯の白さも、はっとするようなものがあった。

肉を噛んでいるときに動く、たくましい顎のラインや、嚥下《えんげ》するさい、かすかに上下する喉の突起にすら気品のようなものを感じさせられる。

「桐谷さんは丁寧にものを食べるね。小さいころから言われてたの？」

つい見とれた水崎が訊ねると、桐谷は目をしばたかせて水崎を見上げた。

「マナーをうるさく言われた覚えはないが、大事に食べなさいと言われたかな」

　ふと、遠くを見るように顎を上げて、桐谷が答える。

「母にはいつも、今日食卓にあがった食材は、もしかしたら生まれ変わってあなたの子供や恋人になるかもしれないから、全て残さず大事に食べなさいって言われていたよ」

「それはまた……変わったお母さんだ」

「そうだね。変わっていたな。父の言うことには、母には霊感がある人特有の価値観があったらしい。霊感っていっても、幽霊が見えるという類ではなくて、創造的なひらめきという意味のね。彼女は画家だった。抽象画《ちゅうしょうが》だったから俺にはさっぱりわからなかったけれど」

　桐谷は懐かしそうに語った。

「彼女の言うことには、魂っていうのは草や魚や虫や人に生まれ変わりながら永遠に続くらしい。他の生き物に食べられたり食べたりすることは来世の縁になる。スピリチュアルなことは苦手だが、食べるということを考える方法としては、良いと思っているよ」

「素敵な考え方だと僕も思うよ。お母さんの作品も見てみたいな」

「残念ながら残ってないんだ。もともと寡作《かさく》で、繊細な人だったから」

　桐谷は軽く肩を竦めてそう言った。

「そうなんだ」

水崎は口ごもった。過去形で語られる桐谷の母親は亡くなっているようだ。悪いことを聞いてしまったかな、と思ったと同時に、後ろめたい共感も覚えた。

「いかにも芸術家って感じだった。雰囲気が君にちょっと似ているかもしれない」

桐谷は重い雰囲気にならないように気遣ったのか、そんなことを続けた。

「僕は芸術家じゃないよ」

「料理は芸術だよ。君の母上もそんな感じだったのかな」

急に水を向けられて、水崎はぎくりとしつつも、不思議と素直に口が開いた。

「僕の母親も、まあ変わった人だったかな。食材に対する愛情が深くて、本当に愛しそうに触れるのに、鳥も魚も容赦《ようしゃ》なく絞めるんだ。子供のころは、それが怖いと思ったこともあったよ。今は僕も彼女と同じ道を歩んでいるけれど」

「それが料理人の愛ってやつなのかな」

桐谷が思い当たった様子で口を開く。

「イタロ・カルヴィーノという作家の小説に、印象的な例えがあったんだ。確か、銃口を向けることでしか表現できない愛が猟師《りょうし》の愛だという話だったと思う。あれと同じように、美しい料理に仕立て上げるのが料理人の愛なんじゃないかって」

「そうかもしれない」

水崎は頷いた。そして料理の手を止めて、桐谷に向き合う。

「怖くても、母に憧れていたのはきっとそのせいだったんだろうな」

「君のお母様も素晴らしい人だったみたいだ」

「うん、もういないけれど……」

こくりと、喉の渇きをごまかして、水崎は乾いた声で続けた。

「僕の母は殺されたんだ」

眼の前で、桐谷の真っ黒な目が見開かれる。

言葉を仕事にしている人でも、やっぱりとっさに声が出てこないこともあるらしい。

「でも、母の教えてくれたことは、大事に覚えているよ。あなたと同じように」

「ごめん、なんだか踏み込んだことを聞いてしまったし、言ってしまった」

「いや、いいんだ」

桐谷は、静かにカトラリーを置くと、真摯《しんし》な様子で水崎を見上げてきた。

水崎はテーブルに行儀よく伏せられている彼の指に、そっと触れてみた。

「なんでだろうな、あなたには、聞いて欲しい気がして」

彼がふと目を伏せて、水崎の爪の先を撫でる。戸惑いながらの動きは、羽が触れるような、ささやかな接触だった。けれど、水崎は胸の奥に、小さな炎が灯ったような気がした。

店を閉めると、水崎は店の奥にある階段から上にあがる。

三階のフロアは、三分の一ほどが食料庫や熟成用の冷蔵庫、店の備品を収納するための倉庫になっており、残りが水崎のプライベートスペースとなっていた。

熱いシャワーで一日の疲れを流し、髪を乾かすと、さっさとベッドにダイブする。

そして眠気が訪れるまで、しばらくうつぶせで今日あったことを思い出すのが、水崎の日課だったが、今日は何となく誰かに聞いて欲しい気がしたので、さしあたって枕元に飾ってあるくまのぬいぐるみを引き寄せた。

それは先日桐谷に貰ったアニバーサリー・ベアだ。首には、これまた桐谷にもらったシャンパンにかけられていた赤いリボンを巻いてある。

しばらく、首にかけたリボンをなおしたり、顔を揉んで形を整えたりしたあと、水崎はそっと息を吸い込んで、ぼそぼそと語りかけはじめた。

初めて自分から、その必要もなかったのに母のことを打ち明けた。桐谷に触れられた爪の先が、まるでそこに小さな心臓でもあるみたいに、今もどきどきしている。今日の桐谷は、帰るときに、少しだけ名残惜しそうに僕を見ていた。そんな気がする。

それはいつもとたいして変わらない、ひどく些細なことなのだろう。そのはずなのに、何か、特別なことがはじまりそうな予感がして、僕は浮ついている。

今日も忙しくて、ゆっくり眠りたいはずなのに、早く明日が来ればいいと思っている。

水崎はぬいぐるみに顔を近づけ、息を吸った。可愛く丸い頭からは、新しい布と紅茶の香りがした。

桐谷はどんな匂いがするのだろう。ハグしたときに嗅《か》いでおけばよかった。

そんなことを考えながら水崎は目を閉じて、ふわふわゆるむ思考にまかせて、幸福な眠りの中へと沈んでいった。


翌日のランチタイムに、水崎は覚えのある女性を見かけた。

彼女はスーツ姿でカウンターに腰掛け、長い髪をひとまとめにして黙々と大盛りのパスタを平らげている。

切れ長の目が聡明そうなその横顔に、桐谷がここに最初に来店したときに同伴していた女性だと思いだした。

「お久しぶりです」

緊張しながら水崎が声をかけると、彼女は顔を上げて、にこりとした。

「シェフさん。覚えてくださっていたんですね」

案外柔らかい笑顔で答えてくる。

「桐谷さんはあれから良く店にいらっしゃるんですよ」

秋場が脇から余計なことを言うので、水崎はなんとなくうろたえた。

「そうなんですか。私もまた来たかったんだけれど、出張で家を空けていたから。あ、住まいが近所なんです。またお世話になると思うのでよろしくお願いします」

「ありがとうございます、こちらこそ」

「桐谷さんとはいらっしゃらないんですか?」

なおも口をはさむ秋場に、水崎は非難がましく目配せした。

「桐谷とは昔の同僚ですから、たまにしか会わないんですよ」

彼女はころころと笑う。

「そうなのですか。仲がよろしいのかと思っていました」

秋場のおせっかいを煩《わずら》わしく思っていたにもかかわらず、水崎は思わずほっとした。

「でもシェフが桐谷と仲良くしているという話は聞いていますよ」

水崎の反応を面白がるように彼女が上目遣いになる。

「桐谷さんの昔の仕事って何なんですか?」

秋場はなおも興味津々だ。彼は人懐っこいが自分の好奇心に忠実すぎるきらいがある。

「今と同じジャーナリストですよ。新聞社勤めだったんです」

彼女はそう言うと、水崎と秋場に名刺を差し出してきた。厚みのある紙には、鶴岡美沙子《つるおかみさこ》という名前の上に、水崎でも知っているような有名な新聞社の名前が印字されていた。

「社会部勤務になります。年齢はそう変わりませんが、桐谷のほうが社会部には二年ほど

早く在籍していました。一課担当の事件記者だったんですよ」

「へえ……すごいですね」

名刺を凝視しながら、水崎は息苦しさを覚えた。

母の事件があって以来、マスコミが苦手だった。フードライターならまだしも、事件記者と言われると、どうしても体が拒否反応を起こすのだ。

記者というのは仕事であって、個人の性格とは別のものだとわかっていても、あの日、母を失い呆然としていた水崎のもとに押し寄せて、無神経な質問を投げかけてマイクを向けた人々と同じ職業に就いている相手に、好意的になるのは難しいことだった。

「桐谷さんもそうだとは……知りませんでした」

「あらそうなの。でも、いかにもって感じでしょう？　あのころの彼は毎日のように警視庁に詰めていて、タフだったわ」

言われてみればそうかもしれないと水崎は思った。

好奇心の強そうな瞳に、よくまわる口。博識で、物怖《ものお》じせず強引なところがある。スーツを着ているがサラリーマンには見えない雰囲気。

水崎は、桐谷に母のことを、話してしまったことを思い出して、ぞっとした。

どうして事件記者をやっていたことを教えてくれなかったのか。それどころか、まるで水崎の気持ちがわかるとでもいうように触れてきた。

もしかしたら桐谷は、水崎の母の事件のことを知っていて、近づいてきたのではないか、昔親切にしてくれた記者のように、こちらに近づいてきて、胸を抉《えぐ》るような事実をぶつけるつもりなのではないか。

裏切られたような気分にすらなってしまう。そんな自分自身にも嫌気がさす。

「桐谷は腕のいい記者で、私も憧れていましたが、関係としては、悪い飲み仲間ですね。真夜中に校了したあと、皆でタクシーを飛ばして朝まで飲んだり、学生みたいなことをしてましたから、色っぽい関係とは程遠いです」

緊張している水崎をどうとったのか、鶴岡はそんな補足を入れた。

「桐谷も私も大食いで、気を遣わなくていいから、彼が転職したあとも近況報告がてら会うことはありますが、元戦友みたいな気持ちでしょうかね」

「お似合いなのに」

自分でも、どうしてそんな言葉が口から出たのかわからないままつぶやいた水崎に、鶴岡はにっこりとして、手招きをした。

「何ですか？」

警戒する水崎に、彼女は無理やり近づくと、片手をたてて耳打ちした。

「桐谷はゲイなのよ」

「え……」

「でも大丈夫、彼は紳士的だと思うわよ」

何が？　と、ぽかんとする水崎を置いてけぼりにして、彼女はデザートのシャーベットを口に運んで、おいしいわね、と満足そうにため息をついた。

その週の桐谷の来店は、いつもよりも遅かった。

閉店一時間前ということもあり、席に空きがあったため、彼が厨房に入ってくることはなかった。水崎はそれにほっとして、忙しいふりをして客席には顔を出さずにいた。

桐谷が元事件記者であるという事実が、ずっと水崎の心を重く占めている。今は違うのだといくら自分に言い聞かせても、どうしても彼が、昔自分を傷つけた人々と同じ存在なのではないかと疑ってしまう。今までの、彼との優しいやりとりの数々は偽物だったのだろうか。やはり最初の印象通り、強引で無神経なのが彼の本性なのだろうか。そんなことばかり想像してしまう、猜疑心《さいぎしん》の塊《かたまり》のような自分に嫌気がさす。

こんな気持のまま、桐谷に会うのは嫌だった。彼に酷い言葉を投げつけてしまいそうで。

それでも閉店時間は訪れる。桐谷はまだ帰っていない様子で、秋場とぼそぼそと会話をしているのが調理場にまで聞こえてくる。

秋場と何を話しているのか気になりつつも、水崎がぐずぐずと厨房にいると、奥の席の方から、がたんと大きな音がして、二人がくすくす笑うのが聞こえた。

好奇心に耐えられずに顔を覗かせると、テーブルを壁際に寄せて作った狭いスペースで、まるで抱き合うように桐谷の肩に手を乗せている秋場とばっちり目が合ってしまった。

「おつかれさま」

何をしているんだろうと目を丸くする水崎に、秋場が朗らかな笑顔を見せる。

「桐谷くんは筋がいいよ」

「いえ、こういうのはどうも苦手で」

照れたように笑う桐谷は、片方の手を秋場と握り合って、肩より少し上に上げている。

「何をしているんです？」

思ったよりも冷たい声になってしまった水崎に、やっと気づいた桐谷が、別にラブシーンじゃないからね、と笑った。

「秋場さんにダンスを習っていたんですよ」

「桐谷くんは姿勢がいいから似合うと思ってね」

「似合わないですよ」

「ほら、いいから、さっきのステップをしてみて。基本のクォーター・ターンズだよ。まず左足からスロー、スロー、クイック」

秋場が促すと、桐谷はしぶしぶ、ぎこちなく彼をリードして踊ってみせる。

けれどそれは足をひきずった不器用な鳥みたいな動きだ。

「ほら、笑われたじゃないですか」

無意識に笑ってしまったらしい水崎に、桐谷が渋い顔をする。

「初めてにしては上出来だよ」

秋場はフォームを解くと、ぽんぽんと彼の肩を叩いた。

「じゃあ僕はそろそろ上がるから」

良い夜を、と手を振って、秋場は機嫌良く去ってゆく。

水崎はなんとなく彼を見送ってから、唐突に、今、桐谷と二人きりだと感じた。

ぎくりと固まる水崎の背後から、桐谷が声をかけてくる。

「今日はずいぶん忙しそうだったね。客席に全然出てこなかった」

「ちょっと仕込みが多くて」

水崎はおどおどと答えて俯いた。

「俺は何か、水崎さんの気に障るようなことをした?」

「何もないですよ。何でそんなことを思うんですか?」

「なんだか喋り方も他人行儀だ」

「いつもこんな感じじゃないですか」

「こちらを見ないし」

背後の気配が動き、桐谷がおもむろに水崎の顔を覗きこんできた。

「なんだか変だ。何があったんだ？　君が不機嫌になるようなことだろう？」

問いかける桐谷のほうが眉をひそめて機嫌が悪そうだ。

「何もないですったら。僕にも色々あるんです」

「矛盾《むじゅん》しているよ。何かあったんだろう？」

追い詰めるような問いかけに、水崎はかっと腹の底が熱くなる。

「たとえ何かあったって、あなたにいちいち報告する義務はないでしょう？　何でそんなにしつこく聞いてくるんですか」

「いつもと違うからだよ」

「そうやって無遠慮に踏み込んでくるのが嫌いなんです、記者っていうのは」

思わず口をすべらせて、水崎は我に返った。

桐谷は難しい顔をして、じっと彼を見ている。

「やっぱり何かあったんだろう？」

確信をこめて繰り返された問いかけに、水崎は大きく息を吐き出した。このまま、黙っていても事態が悪化するばかりだ。

「……昼間に鶴岡さんがいらっしゃって、あなたが昔、事件記者だったと伺ったものだから……僕、母のことがあってから、マスコミが、どうにも苦手で……」

「……ああ、なるほど」

桐谷は、ひゅっと息を吸うと、水崎から一歩離れた。

それが水崎の疑念を肯定するしぐさに思えて、水崎は傷ついた。

「悪かった。君のお母様のことについて教えてくれたときに、俺も言うべきだった」

「いえ、その……」

「言おうとは思ったんだが、どうにも口が重くて。納得して辞めたわけじゃなかったから、まだ気持ちの整理がついていないんだ」

桐谷は水崎から目を逸らし、痛みを堪えるようにまつ毛を伏せる。その様子に、水崎は苦しくなった。

前職ということは、やめざるを得ない理由があって事件記者を辞めたということだ。思い出したくないほど嫌なことがあったかもしれないのに、水崎はそれを掘り返し、桐谷を非難するようなことまで口にしてしまった。もしかしたら、かつて水崎に無遠慮にマイクを向けた記者たちと同じことを、桐谷にしてしまっているのかもしれない。

「すみません、言い方が悪かったと……」

自分の気持ちはどうであろうとも、やはり桐谷を前職だけで責めるのは間違っている。そう思って、水崎は謝ろうとした。けれど、桐谷はかぶりをふってそれを押し留めた。

「いや、俺が悪いんだ。本当は、君には俺の前職のことは黙っておくつもりだったんだ。おそらくもう二度と戻らないだろうから、いいだろうと思って」

「そんなこと……」

「悪かった。君に嫌われたくなかったんだ。卑怯《ひきょう》な判断だった。そのせいで、君を傷つけてしまった。今更だが、何故辞めたか君にきちんと話すよ。もし君が嫌じゃないなら」

「……嫌じゃない」

「良かった」

あまりにも沈痛な様子で言われたので、水崎は何も言い返せなくなった。

彼はぼそぼそと、平坦な口調で喋りはじめる。

「確かに俺は新聞記者だった。学生時代から事件記者に憧れていた。念願かなって社会部に配属された俺は記者としての闘争心に燃えていた。記者というのは情報の取り合いだ。俺は一日のほとんどを仕事に打ち込んでいた。噂を嗅ぎつけ、裏を取るため走りまわり、競争相手を何度も出し抜きスクープを掴んできた。やがて社内でも敏腕記者と一目を置かれるようになった。実際は警察幹部に取り入るのが上手かっただけなんだが、反響の大きい、売れる記事を書けばデスクに認められる。それで、いよいよ調子に乗った」

桐谷はそこで大きく息を吐いて、壁にもたれかかるように背をつけた。

「新聞社には報道と人権に関する基準がある。俺は一応それを遵守《じゅんしゅ》しているつもりだったが、それでも臨機応変という言葉で誤魔化《ごまか》したところはあると思う。報道精神に酔うあまりに、誰よりも先に特ダネを掴もうと、倫理的に、逸脱した言動をしてしまったことも何度かあった。そのたびに関係者を怒らせたり傷つけたりしてきたが、真実を報道することが記者の正義だと思って反省していなかった」

彼は自分の指を無意識に弄《もてあそ》んでいた。ひどくストレスを感じている様子に、水崎は、もう話さなくてもいいと口に出してしまいそうな自分を押し留める。彼は水崎のために辛い告白をしてくれているのだ。しっかりと聞き届けなければならない。

「ある時、とうとう、俺は取材をした家族を追い詰めてしまった。無職の若者による通り魔殺人事件だった。俺のインタビューが記事になって数日後、加害者の母親が自殺した。当時、親の責任を問う世論が強く、糾弾されていた彼女は精神的に参っていた。だから、ただタイミングが合ってしまっただけかもしれないが、少なくとも自殺の引き金の一端は俺だった。俺はその日彼女に、親切を装って近づいて、自分の欲しい返答へと誘導したんだ。なんてことをしてしまったのかと、その時やっと自分の非道さを自覚した。そして二度と過ちを犯さないようにと慎重になるあまり、何も書くことができなくなった」

彼は顔を上げると、ため息をついた。

「スランプに陥《おちい》った俺は異動願いを出して文化部に転属した。そこで料理関係を担当して、気が楽になった。元々食に興味があったし、好意的な料理の記事で傷つく人はそういないだろうしね。だが新聞社に席がある限りはまた異動することになるだろう。それが怖くて逃げ出してフリーになった。俺は負け犬だ」

「そんなことは、ないんじゃないですか」

　水崎はどうにも我慢できなくなって口を開いた。

「知っている人が自殺したら誰でもショックでしょう。人として当然です。それに僕は、桐谷さんに良心がないとは思わない。少なくとも僕にはとても親切だ」

「それは、罪滅ぼしみたいなものだよ」

　桐谷はかぶりを振る。

「実は、初対面から何となく、君は過去に何かあったんだろうと察していた。俺がライターだと聞いた時、君がひどく警戒したから。俺は君に、記者も人間だとわかってもらいたくて近づいたんだ。もちろん、君の料理が美味しかったこともあるが、きっかけは多分、自分のエゴを満たすためだった。だから君が俺を警戒するのは間違っていない」

　語る彼は唇をいびつに歪めて卑屈な様子だった。彼らしくない。

　水崎は、桐谷について何でも知っているというほど、彼と親しいわけではない。むしろ前職すら知らなかった程度の仲だ。けれど。

「それでも僕は、あなたに救われていると思う」

　水崎は一歩踏み出して、桐谷に近づいた。

　たとえ彼が水崎にしてくれたことが罪滅ぼしだったとしても、あれだけまめに会いに来て、握手すらろくにできない相手と根気強く付き合うのは、情の無い人間にはできないことだ。

　過去の過ちを秘密にしたいという気持ちもわかる、水崎も結局、あの血入りソースのことを桐谷に言い出せないままだ。言えば失望されるとわかっていることを口にするのは勇気がいる。だから水崎は、とても桐谷のことを責められたものではないと思った。

「そりゃ、子供時代、家に知らない記者たちが詰めかけてきたときは怖かったよ。でも記者には記者の誠意や守るものがあるんだと今は理解しているつもりだ。ほら、前に教えてくれた、猟師の愛みたいなものが記者にもあるんだろうなって。人のプライベートにむやみに踏み込むのが嫌だからって、憎いとか、悪人だとか、そう思っているわけじゃない。僕らが暮らしている社会で何が起こっているかを知るために必要な人たちだし」

　本心では、決してそんなに物分りよく納得しているわけではないが、桐谷を元気付けたくて、それらしくふるまった。

「僕は、鶴岡さんもいい人だと思うし、桐谷さんだって、最初はちょっと強引だと思ったけど、話すと楽しいし、誠実な人だと思う」

　もごもご続けながら、水崎は桐谷のすぐ傍まで近づいた。

「それにもう、僕はあなたに触れられるのは嫌じゃなくなった……」

　俯いたまま手を伸ばし、桐谷の手に触れる。それは力が入っておらず、だらりと重く、水崎がおずおずと握り込んでも動くことはなかった。

反応が気になって、ちらりと桐谷を見上げると、彼はぼんやり水崎を見ていた。

「……だから僕が言い過ぎただけだから、そんなに悲観的にならないで欲しい。なんだか調子が狂うし……僕だって人を責められたものじゃないところだってあるし……つまり」

「ありがとう」

なんとかはげまそうと口を動かしていると、ふいに彼は呟いた。

「なんだか逆に気を遣わせてしまったようだ」

「いや、そんなことは」

「でも嬉しいな。ありがとう」

内側からの喜びが滲み出すように微笑んでくる。その表情が、あまりにもストレートに水崎の言葉が嬉しいと訴えてくるので、あてられたように水崎は動悸が激しくなった。

「君はきっと優しくて、とても愛情深い人なんだろうな」

そっと打ち明けるような、湿度をもったその声は、まるで水崎の耳を愛撫するように柔らかい。彼の顔が近づいてくる。いつもはきっちりと後ろに流されている前髪が、ひとふさ、はらりと額に落ちていて、その色っぽさにどきりとする。

「いや、ちょっと」

水崎はあわてて彼の胸を押して、動きをとどめた。

「嫌なのかい？」

首をかしげる彼に、水崎は無意識にかぶりを振った。

「あなたってゲイなの？」

「そう見える？」

「いや、鶴岡さんにそう聞いたから……」

まさか彼女に騙されたんだろうかとオロオロしながら言い訳をすると、桐谷がむくれて鼻に皺を寄せる。

「鶴岡、あいつは本当に口が軽い」

「それってつまり、本当ってこと？」

うっかり口をついて出た本音に、水崎は早口で言い訳をした。

「あ、失礼なことを聞いたかも。ごめんなさい。僕も口が軽いみたいで」

「失礼じゃないよ。俺が臆病なだけだ。そのことも、早く告白しておくべきだった」

「えっ」

桐谷の手が、彼の胸に置かれたままの水崎の手を握ってくる。

「俺は君のこと、いいな、って思っている。真面目で一生懸命で、どことなく寂しげで、すぐ感情が顔に出てしまう素直なところ、素敵だと思う」

褒めているのかけなしているのかよくわからないことを言う、彼の目元は赤かった。

「罪滅ぼしだけじゃない。下心もありで君に近づいた。俺は欲望まみれの男だ。……それでも、君は俺を許してくれる？」

「僕は……」

はくはくと唇を喘がせながら水崎は、上滑りばかりして散らばってしまう思考をかき集めようと頑張った。

それはつまり、僕のことが好きって言っているのか？　だったら僕はどう言えばいい？

恋愛対象は、女性だと思ってきた。十五からは心的外傷から立ち直ることに必死で、色恋どころではなかったが、少なくともそれまではクラスの可愛い女の子にあこがれていたし、淡く浮つく期待に突き動かされて、彼女が喜びそうな洋菓子のレシピを研究したこともある。

だがそれが恋だとしたら、桐谷好みのレシピを進んで研究していたことも、同じではないだろうか。男性を恋愛対象にしたことはないが、そもそも男は女を愛するという固定観念に囚われていたのかもしれない。

「……考えたこともなかった」

頭の中では目まぐるしく考えていたけれど、結局水崎が口に出せたことは、そんな間の抜けた一言だった。

「じゃあ、君は俺のことが、嫌か？　それとも嫌じゃない？」

真剣に悩んでいるのにもかかわらず、桐谷が子供をあやすように尋ねてくるから、水崎はむっとした。

「嫌ではないよ。でも急に言われたら戸惑う」

「俺はこれでもけっこうあからさまにアプローチしてきたと思うんだけれど」

桐谷が困った顔で抗議する。言われてみればそうかと水崎は思う。花束を贈ってくれたり、まめに来て何かと褒めてくれたり。確かに水崎が鈍いだけだったのかもしれない。

どうやら自分のなかで、大規模なパラダイム・シフトが必要なようだ。

思い立った水崎は触れたままの桐谷の胸元のシャツを掴んで引き寄せると、背伸びして彼の顔に口をつけた。

目測をあやまり、唇から僅かに外れた場所に着地したが、今まで感じたことのない、心もとない柔らかさが唇の端に触れて、そういえばこれがファーストキスだったという事実に気づいた。

「……驚いたな」

驚きすぎたせいなのか、桐谷は妙に無表情だった。

「僕も驚いた」

水崎は自分の唇に触れながら言った。

「嫌じゃなかった」

「水崎……」

「いや、ちょっと待って」

こちらに倒れ込むように身を寄せてきた桐谷を、水崎は押しのけて距離をとった。

「見ればわかると思うけど、僕はすごく混乱している。ちょっと冷静になりたい」

「わかったよ」

そう言いながら、桐谷は何故か水崎の腰を掴むと、力任せに引き寄せた。がっちりとした腕に固定されて、呆気にとられているうちに、彼の唇が水崎のそれに触れる。

ふにふにと心もとないのに、腰の奥がうずうずと落ち着かなくなるその柔らかさと、絡み合う息の生々しさに、水崎は叫んだ。

「だから待って！　僕はあなたが臆病者だったから良かったんだ」

「ん？」

桐谷が尚も舌を伸ばそうとしてくるから、ひっくり返った声で水崎は言った。

「最初から事件記者だとかゲイだとか知ってたら、多分僕はあなたと仲良くなれなかった」

「そうか……」

桐谷がしゅんとする。

「あっ、いや、だから、多分そういう、臆病なところがあるから僕はあなたに……惹かれるものを感じたんだと思うんだ。僕も臆病者だし、あなたに言ってない秘密がある」

彼のシャツを掴んで水崎は訴えた。

「例えば？」

うろうろと目を泳がせながらも、水崎はやっと肚《はら》を決めた。

「例えば……その……」

「例えば最初にあなたが絶賛したソースは失敗作だった。完成作と試作を間違えて出したんだ。厨房であなたとぶつかったとき、僕はあなたたちに謝りに行くつもりだった。失敗作だとはいっても、味はほぼ仕上がっていたんだ。ただ手を滑らせて切った血が入ってしまっていた。ほんの一滴くらいだけれど……つまりあなたが感じた隠し味は、僕の血だったってこと」

「それはまた……」

さすがに引いたのか、桐谷が顎を引いて目をぱちぱちさせている。

「失望しただろう？」

何もこのタイミングで言う必要もなかったかなと思ったが、今を逃したら一生後ろめたいままだと思ったので、水崎はほとんど居直って目元に力をこめた。

けれど桐谷はしばらくじっと水崎を見つめたあと、ふたたび顔を近づけてきた。

「ちょ、ん」

「それは味見をしてみないとな」

抗議しようと口を開くと、ぬるりとしたものが口の中を舐めた。ワインの香りが微かに残る肉厚な温かい肉は、水崎の口内を、飴玉《あめだま》のようにひととおり舐め回した。

「あっ、ん」

「よくわからないな」

一度口を離したものの、呼吸の仕方がわからず喘いでいる水崎を認めると、性懲《しょうこ》りもなく再び舌を伸ばしてくる。

歯列をたどり、頬の内側を確かめるように押し上げて、上顎をちろちろと舐めたあとは、逃げ惑う水崎の舌を絡め取って軽く歯を立ててくる。

水崎は、自分が味わわれていることを強く感じた。ときどき、水崎の舌を固定するように噛み付いてくる彼の歯は、痛みを感じるほどではないものの、逃げ出せないほどには強く、水崎が少しでも抵抗したら、噛みちぎってしまいそうだった。

激しい口づけに翻弄《ほんろう》されながら、薄目を開けると、焦点がぼやけるほどの近さに、桐谷がいる。伏せられたまつ毛の奥で、その目は恍惚として理性の色はない。水崎は腰の奥から震えが這い上がってくるのを感じた。

溢れた唾液《だえき》を、遠慮なくじゅるりと吸われて、体が跳ねる。彼の美しい指が、逃げるように動いた水崎の後頭部を掴んで、押さえつけてくる。まるで水崎の呼吸を奪うように、大きく開いた彼の唇が水崎のそれを覆う。苦しくて、死んでしまうのではないかという恐怖に、水崎はぎゅっと目を瞑《つぶ》った。瞬間、ようやくキスが解かれた。

「ああ、この味だ。確かにこの味だったね。驚いた。君の血なんて」

呆然としている水崎の眼前で、彼の印象的な黒い目が眇《すが》められる。

薄い唇から、赤い舌がちろりと覗き、ごくりという音とともに、喉仏が密やかに上下する。

「この味が知りたかったんだ」

彼は背徳的ながらもひどく美味なものを味わうような顔をしていた。

水崎は彼のその表情に、つま先から凍える心地がした。これがキスをするときの表情なのだろうか。まるで自分が獲物になったような気分だ。

それなのに水崎は何故だか、縫い留められたように彼のその赤い唇から目を離すことができない。

「俺達は共犯者みたいだね」

水崎の唾液まみれの口を指で拭いながら、桐谷はそう囁いた。

「まさかソースの隠し味が君の血だなんて」

「隠していて申し訳ない……」

「大丈夫だよ、俺が黙っていれば誰も知ることはない。鶴岡は舌が鈍いからそもそも気づいてもいないだろうし」

「怒らないのか？　せっかくあんなに絶賛してくれたのに」

「怒らないよ。別にお腹を壊したわけでもないし。人の血を素晴らしい隠し味だなんて絶賛してしまったのは、ライターとして恥ずかしい失態だと思うが、タイミングを逃して言い出せなくなる気持ちはわかるよ」

彼はそう言うと、水崎の小指に自分のそれを絡めた。

「だから、これは二人きりの秘密にしよう」

指切りをして、目を細める。

「だが君の血は、本当に素晴らしかったよ」

水崎は彼の視線に晒されて、ぞわぞわと、体の奥からうごめく何かが這い上がってくる気がした。

「二人きりの秘密……」

震える唇で繰り返す。その響きはひどく甘美だ。

その夜、水崎はまたあの夢を視た。

鳩になった自分は、いつものように囚われている。

重苦しく、水崎の体を抑え込む手は、けれど母のものではなく、長く優雅な桐谷のそれだった。

桐谷は、興奮に頬を染めて、炎のように熱い指で水崎の首を絞めてくる。

水崎は彼に呼吸を止められて、苦しい胸を反らしながら、声にならない叫びを上げる。

そのさまを、桐谷がうっとりと見つめている。

やがて顔が近づき、唇が重ねられる。苦しさにわななく唇がふさがれて、瀕死《ひんし》の痙攣《けいれん》に震える手足にも、桐谷の逞しい四肢が絡みついてくる。

いつのまにか水崎は、人の体に戻っていた。

冷たい水崎の体が、熱い桐谷の体に押しつぶされる。

乱暴に扱われ、息が苦しくて涙が出るのに、嬉しくて、出ない声を振りしぼり、水崎は彼の名を呼んだ。


唐突に目が醒めた。

水崎は勢いよく起き上がり、下着がどろりと濡れていることに気づいてうろたえた。


最後の暑さも去りつつある火曜日の夜、印象的な客がやってきた。

二週間前に予約を入れてくれた団体客だ。四十代から六十代くらいに見える身なりのいい男女の六人連れで、下町の小さなビストロが、急に華やいだように感じられた。

特に彼らのリーダー格らしき男性は存在感があった。赤ら顔で恰幅《かっぷく》がいいが、若いころはさぞハンサムだったんだろうと思わせる、くっきりした目鼻立ちをしている。

彼らは席につくとメニューを開かずに食前酒について秋場に尋ねた。秋場の流暢な説明を頷きながら最後まで聞いたあと、めいめいにドリンクを頼む。水崎がアミューズを出しにいくと、彼らはメニューをテーブルに広げて、ここにあるものと黒板にあるもの、全部持ってきてくれとオーダーしてきた。

また凄い客が来たぞ、と、水崎は感激するような、困惑するような気分を押し殺し笑顔を取り繕った。

「かしこまりました」

一礼すると、足早に厨房に入り、よし大丈夫いける、とひとりごちて気合を入れる。

幸い、彼らは談笑しながら食事をとるタイプだったようで、それほど提供の時間が差し迫ることはなかった。最近は忙しさにも慣れてきた水崎は、落ち着いて一つ一つ時間を計算して仕上げてゆく。

無心にソースを混ぜていると、頭の隅っこで、先日の桐谷とのキスやその夜に視た夢のことがちらついた。今にもこちらを食べてしまいそうな桐谷の目つきや、彼の、ずらりと並んだ白い歯、夢の中で、水崎の首にまわってきた、炎のように熱い指のこと。

一人のときにはそれを思い出すと、その場に転がって悶絶《もんぜつ》しそうになるのだが、作業中の、一種のトランス状態のときに浮かぶそのイメージは、不思議と思考をクリアにして、水崎に自信を与えてくれる。

　何故だかはわからないけれど、水崎は桐谷に会いたくなった。声を聞きたいし、匂いをかぎたい。あの気配を感じたいし水崎の名前を呼んで笑顔を見せて欲しい。考えてみれば、水崎は桐谷の連絡先を知らなかった。名刺に書かれた携帯番号とメールアドレスは知っているが、もっとプライベートなアドレスを教えて欲しい。水臭いじゃないか。キスもしたんだし。そんなことを考えている自分に動揺したりしていた。

　僕は桐谷さんのことが、好きなのだろうか。

　その答えは、いまだ出ていなかった。


　ようやく団体客にメインを出し終わったころ、桐谷がやってきた。

「忙しかったの？　汗びっしょりだ」

　彼は厨房に入ってくるなり、心配そうな顔で水崎の額に流れる汗を拭った。

　あまりに自然な仕草だったものだから、水崎は抗議もできないままに、そうだね、と返す。

　桐谷はいつも通りの人懐っこそうな笑みを浮かべていた。先日の、肉食獣みたいな迫力はかけらもなかった。

「桐谷さんたちの上を行く客がやってきたよ。うちのメニュー全部頼んできたんだ」

「へえ、また随分な健啖家《けんたんか》だ」

彼は興味をそそられた様子で奥の団体席を覗きに行って、血相を変えて戻ってきた。

「彼、源河《げんが》さんだよ」

「源河さん？　有名なシェフか誰かなの？」

聞いたことのない名前に水崎は首をかしげる。

「違うよ、源河盛久《もりひさ》さん。聞いたことはない？　有名は有名だけど、美食家として知られる実業家だ。雑誌に食に関するエッセイを何本も寄稿《きこう》している」

彼は興奮を抑えるように、鼻から大きく息を吐き出した。

「まあ、表にはあまり出てこないから、知る人ぞ知る、といった人かな。彼はあらゆる方面にコネクションを持っている大物らしくて、気に入られたら良い客が増えて、店が繁盛するという生きた伝説みたいな人だって聞いているよ。僕も生は初めて見た」

まるでユニコーンにでも出会ったかのように桐谷は目を輝かせている。

「そうなんだ、すごいね」

水崎はどう反応していいのかわからないので、曖昧《あいまい》に返した。

「確かに、只者ではない感じだなとは思ったけど」

それを知ったのが、ほとんどの料理を出し終えた後でラッキーだったと思う。知っていたらプレッシャーで失敗してしまったかもしれない。

「お口に合いましたでしょうか?」

デザートまで出し終えたあと、水崎は源河という男に挨拶しに行った。

「ああ、満足したよ。上品な味付けがとても良かった」

彼は赤ら顔にダイナミックな笑顔を浮かばせた。

「素材の良さを活かした過不足のないシンプルな調理法だね、日本料理的なものも感じる」

「あら、随分手のこんだお料理だったと思うけれど。盛り付けも繊細で綺麗だったわ」

同席の女性客の一人が源河の言葉に反論すると、源河は、それはそうだと彼女に向かって頷いた。

「もちろん、充分に手がかけられた料理だった。要は配分の話だよ。材料をシンプルにすればするほど、バランスが難しくなる。例えば、昔のフランス料理は十のスパイスを使っていたが、今はもっと少ない。それは手抜きではなく洗練だ。かのジョエル・ロブションも、自分が名を上げられたのは、ハーブのサラダのおかげだと言っている。『良い料理とは、素材そのものの味を出しているものだ』と言ったのは、サヴァランとキュルノンスキーだったたか。とにかく、シンプルであればあるほどセンスを求められるというわけだ」

彼は長々と女性に説明し、彼女はなるほど、そういうものなのね、と感心していた。

「つまり、この料理は、洗練されていながらも、日本人の舌に合わせた親しみのある味付けだ。ヌーヴェル・キュイジーヌ以降の盛り付けの着想は日本料理の影響が大きいと言われている。日本料理とフレンチは相性がいいものだ。素晴らしい」

「ありがとうございます」

随分大げさな褒め方をする人だな、と思いながらも、水崎は頭を下げた。

「あの、源河さんですよね」

水崎の背後に控えていた桐谷が、たまらずといったふうに声をかける。

「ああ、そうだよ」

「お食事中に申し訳ありません、桐谷と申します。あなたのエッセイのファンなんです。機会があれば一度ご挨拶したいと思っていました」

「君はコックではないのか」

「ええ、シェフの水崎さんと仲良くさせてもらっているんです。フリーのライターで」

「なんだ、君のほうがちゃんとした物書きじゃないか」

桐谷から鷹揚に名刺を受け取ると、源河はそれぞれに名刺を返してくれた。そこには筆文字で源河盛久という名前と、電話番号が記載されている。

「最近仕事のほうは引退してね、趣味で書いているエッセイくらいしか続けていないんだ。時間があるならこんな老いぼれとも遊んでやってくれ」

「ええ、喜んで」

桐谷は子供みたいに目を輝かせて、ぐっと両頬を持ち上げるように笑っている。水崎は源河がどれほど凄い人なのかいまだ実感できないままだったので、桐谷にあわせてはしゃいでみせていた。


静かな厨房に、歌声が聞こえる。

桐谷は、源河に紹介してもらったお礼にと、秋場の代わりに閉店後の店内の清掃をしている。料理よりも掃除が得意だという彼は、ひとつひとつのテーブルを艶が出るまで磨いて、隅から隅まで丁寧にモップがけをして楽しそうだ。

水崎は厨房で仕込みをすませ、片付けをしている間中、桐谷の鼻歌をずっと聞いていた。彼は歌が上手いようだ。普段の快活な話し方とは違い、旋律を刻む彼の声は、ベルベットのようになめらかで耳触りが良く、ずっと聞いていても飽きなかった。時々足音がリズミカルにタップしているのはきっと、秋場から教えてもらったステップの練習だろう。モップを持って、不器用に踊っている桐谷の姿を想像して、水崎はふっと微笑んだ。

先日二人きりになったときは緊張したのに、今は二人だけの空間が心地良い。

水崎は彼の顔が見たくなって、手早く厨房を片付けるとコックコートを脱いで、フロアに出ていった。

桐谷は案の定、奥の席でダンスの練習をしている。

やはりぎこちないが、透明な誰かをリードするように添えられた手は優しかった。

「ダンスのほうはからっきしみたいだね」

水崎が声をかけると、桐谷は照れた顔で振り向いた。

「今度秋場さんに教えてもらうときには、もっと上達して驚かせたいんだが、なかなか」

「でも、何でもできるよりもいいと僕は思うよ。欠点があったほうが魅力的だ」

歩み寄ると、彼は水崎を迎え入れるように両手を開く。

「君も秋場さんにダンスを習ったりするのか？」

「いや、僕は料理ひとすじ。浮気はしない」

桐谷の手に、素直に身を委《ゆだ》ねると、彼はふっと肩の力を抜くように微笑んだ。

「じゃあ、初心者同士、足を踏まないようにしよう」

「僕は踊れないったら」

「抱き合って、体を揺らすだけのダンスだってあるんだよ」

言いながら、桐谷は水崎の腰に手をまわし、優しく引き寄せる。

「それとも、恥ずかしい？」

「……恥ずかしくなんかない」

他人の体の温度に、びくりとしながらも、水崎は彼の胸に頬を寄せた。意識して体の力を抜いて、彼の動きに合わせると、やがて互いの体温が混じり合い、宙に浮きそうなほど気持ちが良くなる。

桐谷は水崎を抱いて、ゆっくり体を揺らしながら、まだかすかに歌っていた。

「機嫌が良さそうだね。源河さんってそんなに凄い人？」

「凄い人だって聞いているよ。でも嬉しいのは、水崎さんが彼に褒められたからだよ。きっと君は有名な料理人になる。テレビに出たり、大きなレストランのシェフになるかも」

「僕はこの店で充分だよ。自分の手の届く範囲で、好きな料理を、好きな人のために作って生きていけたら、幸せなんだ」

「欲がないなあ」

「料理人はみんなそんな夢を見ていると思うよ。それに、僕が有名になったら、こんなふうにのんびりしたりできなくなるかもしれない」

「それは困る」

彼の右手が水崎の背中をなぞりあげ、うなじを愛撫する。

性急さはないものの、セクシャルな動きだった。

「君の料理を、沢山の人に食べてもらいたいけれど、君が遠くなってゆくのは寂しいな」

「大げさだよ。僕の店が有名になったのは、あなたが記事を書いてくれたからだ」

「俺の記事はただのきっかけだよ。でも君の役に立てたなら光栄だ」

彼が水崎の髪を、もどかしげにかきまわす。

「キスをしてもいい？」

「……脈略がないよ」

「この間はちょっと強引だったから、挽回したい」

「ちょっとかな？」

「謝るよ。だって君があんなにも大胆に……」

「ストップ、それ以上からかったら」

「キスはおあずけ？」

「……」

赤くなりながら、頷いた。桐谷は言われた通りに笑みを消すと、水崎のおとがいに手をかけて、静かに顔を近づけてきた。水崎はまぶたを伏せる彼の顔に見とれて、焦点がぼけるまでそれを堪能《たんのう》したあと、うすく唇を開いて、彼を受け入れた。

「ん……」

桐谷は何度も角度を変えてリップ音をたてて、水崎にキスを落としては離れてゆく。そのくすぐったい感覚に、水崎が身をよじって笑うと、桐谷はふわりとまなじりを溶かして、少しだけ長いキスをする。彼の大きな手は水崎の顔をすっぽり包み込み、指先がいたずらに耳をくすぐってくる。

「ふ」

息苦しくなって、水崎が口を開けると、桐谷は両手に僅かな力をこめて、水崎の顔を上向けさせ、ぬるりと舌を滑り込ませてきた。

彼は先日のように、水崎の口内を舐め回すような動きはせず、舌先を僅かに絡め合わせては離れ、感じやすい上顎をなぞり、軽く吸って音をたてる。

口の中をいじられているだけなのに、水崎の頭はぼうっとしてきて、口の神経ばかりが敏感になってゆく。無意識に、すがるように彼の肩に回した手に力がこもる。ぴったりと合わさった互いの体温が熱を上げてゆく。

はあ、と、大きく息を吐いて、口を離したのは桐谷のほうだった。

「これ以上はだめだ」

「どうして？」

「我慢できなくなるから」

そう言った彼の表情を、水崎はまじまじと眺めた。

頬が火照って、眼球に水の膜が張ったように潤んでいる。唇は赤く色づき、肌がしっとり湿っている。

初めて会った時の、興奮した桐谷の姿を思い出して、水崎はぞくりとした。

ああ、この顔が見たかったんだ。

水崎は衝動にかられるままに彼の手を引いて、上の階へと続く階段を駆け上がった。

水崎は朝は市場に出かけ、ランチの準備からディナー後の仕込みまで厨房にこもっているので、三階の自室は、シャワーを浴びて眠るためにしか使っていない。

自室というよりも、寝るための薄暗い窪《くぼ》みのようなものだった。

ほとんど私物のないシンプルなそこに、水崎は桐谷を押し込んだ。

状況がよくわかっていない桐谷は、しばらくぽかんとされるがままになっていた。ベッドに座った時も、枕元に飾っていたテディベアを見つけて、「これ、俺があげたやつ？」などと嬉しそうに問いかけてきた。

けれど、水崎が膝《ひざ》に乗り上げると、急に目の色を変えた。

「ンッ……ん」

もはや水崎に許可を得る言葉もなく、先程よりずっと荒っぽく桐谷は噛み付くようなキスをした。呼吸を奪うように激しく口づけあい、彼の指が水崎の服を乱す。

空調がかかっていない狭い部屋は息苦しいほどに蒸し暑く、あっという間に汗が滲んでくる。

水崎もまた、桐谷に煽《あお》られるように、性急に彼のシャツを引っ張って脱がし、その湿った首筋に直接触れた。

激しく脈打って流れる血液が、水崎の指の腹を、どくどくと押し上げてくる。生きている肉のなまめかしさに、水崎は興奮のあまり、目眩《めまい》がした。

　ぐらりとバランスを崩した水崎を、桐谷はしっかりと支えて、うやうやしいと表現してもいいほどの手付きで寝台に寝かせてくれる。

　見慣れた天井の模様を、水崎がぼんやり眺めていると、視界に桐谷が入ってくる。常夜灯だけの暗い部屋で、彼の、笑い出す寸前みたいに引きつった顔が浮かび上がっている。欲情したとき、桐谷はこんな顔をするのだな、と水崎はひとごとのように思った。

　彼は水崎の肩を何度か確かめるように撫でたあと、そのままかがみ込んできて、そこに軽く歯をあてた。

「あっ」

　水崎は彼の、白い歯の感触に、声を上げた。

「敏感だね」

　闇の中で桐谷が囁く。

「おいしそうだ」

「なに、あっ」

　彼の台詞《せりふ》にびっくりしていると、今度は頬を軽く噛まれる。

「頬が柔らかそうで、味見したいと思っていたんだ」

　彼は満足そうに、くつくつ笑って、水崎の鎖骨《さこつ》に歯を立てる。

濡れて柔らかな唇のあいだから、ぬるりと現れる舌が、水崎の肌を味わって、歯を立てて、強く吸い付いて痕を残す。

「はっ、あ、あ、ンッ」

水崎はそのたびに、びくびくと顕著《けんちょ》に反応して、腹部を波打たせた。

「君は皮膚が薄くて、破れてしまいそうで怖いな」

「だったらそんなこと、んう」

足の間の、敏感な器官に触れられて、水崎の抗議は喉で潰れた。

桐谷は体をずり下げると水崎のボトムスのフロントジッパーを下ろして、中央が盛り上がりつつあるインナー越しに水崎の興奮を優しく撫で回した。子猫を愛でるようなその愛撫はもどかしく、水崎が指の動きを追って無意識に腰を揺らすと、彼はその薄い布を前歯で挟んで引きずり下ろした。兆《きざ》して形を変えつつある水崎のそこが、桐谷の鼻先に、ぽろりとまろびでる。水崎はそれを恥ずかしがる暇もなかった。桐谷が戸惑いなくそれを咥《くわ》えたからだ。

「アッ！　ンッ――――！」

敏感な部分を、彼のぬるつく熱い口に包まれて、しごかれる。性的なことからすっかり遠ざかっている水崎にとって、それは天地がひっくり返るほどに強烈な感覚だった。

本能的な動きで、水崎はシーツに爪先立つようにして腰をぐっと宙に突き出した。

桐谷はそれにもたじろがず、それどころか更に強く吸い上げてくる。

「ヒッ！　ん！」

ひとたまりもなかった。

水崎は全く堪えることができず、彼の口の中に爆発させてしまった。

「アッごめ」

「大丈夫だよ」

桐谷が水崎の吐き出したものを、手のひらに吐き出して見せつけてくる。

「ちゃんと興奮してくれて嬉しいよ」

にっこりとそんな事を言うから、水崎は赤面してしまう。

「濃いね、量も多い」

「そんなにじろじろ見るな、アッ」

しげしげと手のひらのものを眺めていた桐谷が、それを再び口に含んだので、水崎は驚いて声を上げた。

「ばか、そんなもの」

「いや、なんだかもったいない気がして」

もごもごと口を動かした後、あろうことか桐谷はそれをごくりと飲み込んでしまった。

「汚いだろう……」

心配になってきた水崎に、彼は大丈夫とかぶりをふった。

「全然。君のは美味いよ」

水崎に体重をかけながら、彼が言う。

「それにすごく興奮する」

水崎の足の間に、桐谷の固く猛《たけ》ったものが擦り付けられる。

暗い部屋に、彼の荒い息が響く。ぬるりと動くその目は焦点が定まらず、ぞっとするようなものがあった。まるで夜の獣のようだ。物陰から獲物を狙っている。

「桐谷……」

怖い、と思っているはずなのに、やはり水崎は逃げ出せなかった。

獣の本性をむき出しにした彼の姿は美しい。目を逸らすことができなくなる。

全身で、君を食べたいと訴えているようなその姿は、水崎の心の、深く暗い部分にある何かを強烈に揺さぶった。

桐谷が水崎を押さえつけ、再び顔を埋めてくる。水崎の下腹部に、へそに、胸に。彼の大きな手は水崎の膝を割り、太ももをなで上げ、双丘をわし掴んで、遠慮のない動きで揉みあげてくる。

「あっ」

普段は外気に晒すことのない後ろの穴が、開かれるような感覚に、水崎は赤面して、耐えきれないとばかりに顔をそむけた。

頸《あらわ》になった水崎の白い首筋に、桐谷は引き寄せられるように近づいて、大きく口を開けると、そこに白い歯を突き立てた。

「――――!!」

鋭い痛みに、水崎は頭が真っ白になって、声にならない悲鳴を上げた。

噛みつかれて、びくびくと跳ね上がる水崎を押さえつけて、桐谷はなかなか力を弱めなかった。獲物に止《とど》めをさす肉食獣のように、じわじわと顎に力を込める。

噛みちぎられるのではないかと恐ろしいのに、痛みが増すごとに、どこともわからぬ体の奥から、狂おしい快感が押し寄せてきて、水崎はわけがわからなくなった。

水あげされた魚のように暴れる水崎の体にのしかかり、桐谷は水崎の局部をまさぐった。快楽を感じているはずなのに、水崎のそれは萎《な》えていた。桐谷の指でしごかれると、すぐに首をもたげたけれど、痛みのなかにあった、あの快楽は遠ざかってしまう。

それが嫌で、水崎はかぶりをふった。

だが桐谷はそれにかまわず、自分のボトムスの前をひらき、猛ったそれを水崎のものと一緒に握り込んで、腰を動かしはじめる。

「はっ……あっ」

声を上げると、桐谷は口を離し、白い肌に赤く滲む、噛みあとを舐めて、吸い付いた。

傷が空気に触れて、痛みが皮膚の上でひりひりと踊る。

彼の指は、二本の屹立《きつりつ》を巧みに擦り上げて、興奮を高めてくれる。

水崎は無意識に、彼の指に自分のそれを擦り付けるように腰を揺らした。そうやって二人で、いやらしく腰をくねらせて、快楽を追った。

息が混じり合い、桐谷から滴る汗が水崎の頬に、ぽたりと落ちた。汗の匂いが濃厚に空気に混じる。切ないような感覚に胸がいっぱいになって、水崎は彼を引き寄せて、その唇に噛み付くようなキスをした。

きん、と頭の芯が痺《しび》れて腰が浮いてゆく。二度目の絶頂の予感がたちまちに迫ってきて、水崎は、息もつかずにそれを駆け上がっていった。

「あっあ……！」

びくびくと震えながら、水崎は桐谷の手の中に白濁をぶちまけた。

ほとんど同時に、桐谷も低いうめきとともに、胴をぶるりと震わせて、達したようだった。

彼の指の間から、ふたりぶんの白濁がとろりとこぼれ、汗で濡れた水崎の腹の上に小さな水たまりを作る。

その光景が、ひどくいやらしく見えた。

開放感に体はすっきりしているのに、水崎の脳には、先ほどの痛みからの強烈な感覚が焼き付いて離れなかった。

「本当に申し訳ない、いつもは噛み癖なんかないのに」

　余韻に浸る水崎とは違い、桐谷のほうは達すると同時に正気に戻った様子で、先程からおろおろと言い訳をはじめた。

「別にかまわない。噛まれるの、良かった」

　情緒《じょうちょ》のない桐谷に少しむっとしながら、水崎は言った。

「気持ち良かった。ありがとう、桐谷」

　名前を呼ぶと、桐谷はおとなしくなって、水崎の隣に寝転がった。

「俺も良かった。君があんまりにも魅力的だったから、我を忘れたよ。こんなこと初めてだ」

「もう僕のことを、シャイだなんて言わせないからな」

「ふふ、まったくだ」

　桐谷は水崎の手を握って、その指にキスをした。

「よければまた」

　水崎は微笑んで、頷いた。

鳩になる、夢を視る。

美しい手に捉えられ、キスをされて人の姿に立ち戻る。

首に絡みつく指が呼吸を奪い、ぐったり晒す喉元に、白い歯がつきたてられる。

呼吸が奪われ、自由が奪われ、痛みと苦しさの中に閉じ込められているというのに。

全身がじんじんとするその気持ちの良さに、何も考えられなくなってゆく。

「へえ、源河さんのおすすめの店か。興味あるな」

水崎が源河からの誘いを伝えると、桐谷はすぐに乗り気で身を乗り出してきた。

桐谷は、ピジョノーに週に二度ほどやってくる。来る時間は閉店の一時間ほど前で、席も比較的空いているのだが、最近の彼は、来店すると迷わず厨房に直行してくる。

真っ白なコックコートもすっかり板についていて、厨房の椅子に腰掛ける姿は、水崎よりもよっぽど料理人らしい。

「源河さんのお知り合いの店みたいだよ」

源河もまた、ピジョノーの常連となっていた。最初は源河に緊張していた水崎だが、彼が毎週火曜日に必ず顔を出すので、次第に慣れてきていた。

先日、源河との会話の流れで、休日には何をしているのかと尋ねられた。水崎がどこにも行かないと答えると、源河はそんなことではいけないと説教し、知り合いの店を紹介すると言ってきた。

興味はあったが、水崎は人混みが苦手なので、最初は気が乗らなかった。そんな水崎の様子を察した源河が、桐谷も連れてくればいいと提案してきたのだ。

「先月開店したばかりで、カウンター席しかない小さい店らしいよ。でも食材は一流のものを使っているんだって。ここからも近くて、ちょっと食べてゆくのにいいって……でもちょっと混雑してそうで心配なんだけど」

「それは任せてくれ、俺が壁を作ればいいんだろう?」

桐谷はなんでもないことのように言って、ちょいちょいと水崎を手招いた。水崎は客席の様子を窺ってからエプロンを外し、帽子も脱ぐと、素直に彼に近づいた。

ちょっとだけ、と、自分に言い訳しながら彼に手を伸ばす。けれど指が触れると、どうしようもなく強く絡ませてしまう。桐谷の目にも、すでに熱っぽいものが揺れている。水崎がかがみ込むと、桐谷は喉が渇いた人が水を飲むように、水崎の口に舌を伸ばしてくる。

「んん」

密やかな水音が、水崎の肌を粟立《あわだ》たせる。

こうやって狭い厨房で、桐谷とひっそりとキスをする。接触嫌悪はまだ治っているとは言いがたいのに、彼に触れられるのは、まったく嫌ではなくなっていた。

それは桐谷がいつも、水崎に触れるとき、僅かに余裕をなくすからかもしれない。

普段会話しているときの桐谷は年相応か、それ以上に落ち着いていて、会話をリードしたり、コントロールしたりする術に長けている。それなのに、水崎とキスや、もっと親密な触れ合いをするときには、まるで道に迷ったような、飢えているような様子になる。

優雅に食事をする、桐谷の形のいい唇が、喘ぐようにしどけなく開かれて、ただ水崎の唇ばかりを求めはじめるさまが、水崎の優越感や独占欲を、いたく刺激するのだ。

水崎のほうが明らかに、性的なことには奥手のはずなのに、桐谷は相変わらず力加減を間違えて水崎の肌に痕を残したり、噛み付いてしまったりする。自分でも制御できないらしくて、毎回後悔している姿も、水崎の庇護欲《ひごよく》をくすぐった。

「そういえば、君と外を歩くのは初めてだ」

キスの合間に、桐谷が今気づいたとばかりに言うから、水崎は笑った。

「そりゃあ、客と店員だから」

「今でもそうなのか?」

水崎の返事が気に入らなかったらしく、桐谷が水崎の胸に、軽く拳をあててくる。

「だから外出に誘っているだろう?」

「でも、二人きりじゃない」

「気を遣ったんだよ。桐谷は源河さんが大好きみたいだから」

わざととぼけると、すねた様子で強く抱きしめてくる。

「コックコートに皺をつけないでくれよ」

「今日の水崎は意地の悪いことばかり言うな」

こんな立派な大人が、子供みたいに甘えてくることに、水崎は妙に興奮してしまう。

「なあ」

水崎はコックコートの前を開いて、裸の首筋を桐谷に見せる。

「噛んで」

桐谷の目が、ぎらりと光る。

「悪い癖をつけたものだね」

小言を言いながらも桐谷は大きく口を開いて、水崎の願いをかなえてくれる。

首のつけ根に人の歯が食い込む痛みに、体の内側がぐっと締まる。それは鋭い快楽にも似て、水崎の体を震えさせる。

「桐谷」

本当はこのまま、冷たい銀の調理台に磔《はりつけ》にして、裸に剥いて全身を噛んで欲しい。彼の真珠のような前歯と彫刻のように美しい手で、ぞんぶんに痕をつけられたい。

けれどだめだ。今はまだだめ。

「今日は何が食べたい？」

桐谷を引き離して問いかけると、彼はあからさまに残念そうな顔をしながらも、素直に引き下がった。

「魚が食べたいな。君の肌みたいに白くて柔らかいのがいい」

「鱧《はも》のロティはどうかな？　こっくりしたクリームのソースと合わせて酢橘《すだち》をかける」

「それはうまそうだ」

舌なめずりをしながら、彼の指はいまだ水崎の体のラインをなぞっている。

猛獣使いにでもなった気分だった。

ビストロ・ピジョノーの定休日は日曜日と隔週の月曜日に設定している。

日曜日は市場が休みで新鮮な食材が入らないので、月曜日に、水崎は源河と約束をした。

水崎は仕事以外の用事で外に出るのが久しぶりだった。おかげで着ていく服が思いつかなくて、ぎりぎりまで部屋をひっかきまわすことになった。

いつもはどうせコックコートに着替えるからと、洗いやすさと楽さを優先して、ワードローブのほとんどはパジャマ兼用のTシャツと安いジーンズばかりだ。

絶望的に選択肢のない中から、水崎はなんとか二十代の前半に奮発して買った服を発掘した。紺色のジャケットに白のカッターシャツ、スリムなシルエットのチノパンにローファーの無難な組み合わせだが、比較的体のシルエットの出るそれは、三十代の水崎には若すぎるような気がして居心地が悪かった。

またまた重版!!

ショコラコミックス
好評発売中!!

「ラムスプリンガの情景」
吾妻香夜

「ハッピーサニーダイニング」
和稀そうと

ショコラ文庫
既刊
PICK UP

「彼とチビとひとつ屋根」
真崎ひかる
イラスト／北沢きょう

姉夫婦が亡くなり幼い甥と二人残された颯季。そこへ行方知れずになっていた義兄の弟・宗士朗が帰ってきて…。

「愛しい犬に舐められたい」
Si
イラスト／亜樹 良のりかず

犬にしか欲情できない片貝は、怪しい探偵の〈迷い犬探し〉を手伝うことになるが…。

ショコラ文庫最新刊！

1月のラインナップ

「愛がしたたる一皿を」
Si　イラスト／葛西リカコ
シェフの水崎は、フードライターの桐谷に自分の血が入ったソースを出してしまい――!?

「鬼の戀隠し」
真崎ひかる　イラスト／陵クミコ
「鬼伝説」が残る集落を訪れた静夏は神藤と出会い、「鬼」の彼に恋したことを思い出すが…。

2019年2月のラインナップ｛ショコラ文庫2月8日発売予定｝

「愛蜜♡誘惑♡ジャッカロープ」
鹿嶋アクタ　　イラスト／石田要

多少挙動不審気味に、地下鉄の窓にうつる自分の姿を何度もチェックしながら、目的の駅に到着すると、先に来ていたらしい桐谷が嬉しそうに手を振ってきた。

その姿を見て、水崎はあっけにとられてしまった。

彼は長身でバランスのいい体格に、いつもよりラフなジャケットを纏《まと》っているが、まるで目隠ししたままクローゼットの中身を適当に着たかのような、ちぐはぐな装いだ。

あまり服に拘っていない水崎から見てもやぼったい。

顔が整っているだけに、その趣味のなさが際立って、いかにも彼は生まれてから容姿のことで苦労したことがなさそうだと、水崎はなんとなく感心してしまった。

「水崎の私服姿初めて見たな。コックコートのときより若く見える」

「子供っぽいかな」

「いや、褒めているつもりだよ」

そんな格好の男に褒められても複雑だが、気づいていない桐谷が可愛かったので、水崎は曖昧に笑ってごまかした。

「源河さんはもう店に入っているよ。カウンターの端に席をとってくれているみたいだから、水崎は壁際に座るといい」

「ありがとう」

見れば店の軒先には、開店前なのにすでに数人の客が行列を作っている。彼らを通り過ぎて店の中に入るのは少々気が引けた。

店内は、源河から先に説明された通りの狭さだったが、清潔で、居心地は良さそうだ。

店長は源河と同じくらいの年齢の、瘦《や》せた老人だった。

彼は以前大きな料亭を経営していたそうだ。一度引退して、のんびり隠居生活を送っていたが、数年前に大病を患い、九死に一生を得たとき、病院の天井を眺めながら、自分の残りの時間を何に使うか考えた。

そして結局、料理のことしか考えられなかったのだそうだ。

「因果なもんです。まあ、私のようなのは一生厨房から逃れられないんでしょうね」

どこか嬉しそうな店主から最初のビールが渡されて、しばらくすると店が開き、どやどやと客が入ってきた。

狭い店はあっという間に満杯になり、水崎は息苦しさを覚えた。けれど、桐谷は宣言通り、水崎の隣にぴったりくっついていてくれている。

桐谷は右手を水崎の腕に軽く触れ合わせたまま、利き手ではない左手で器用に箸を使って小皿の料理を平らげてゆく。

彼のガードに、ほっとしつつも、それにしても、と水崎は思う。

こうやって隣に座ると、桐谷と自分の厚みの違いは歴然としている。

桐谷の胸はカウンター側にせり出しているし、太ももにも張りがあって椅子から浮いているようにすら見える。川の石に引っかかった水草みたいな水崎とは全然違う。

軽く落ち込みつつも、桐谷の厚みのおかげですっかり死角に入っているこの席は、水崎にとってこの店で一番落ち着ける場所なのは間違いなかった。

「大将と私は四十年近い付き合いだ。ちょうど事業が軌道に乗り始めたころに知り合って、よく遊び歩いたものだよ。景気が良い時代だったから、馬鹿なことも沢山したなあ」

桐谷の隣に座っている源河は、いつも通りのにこやかさで店主や桐谷と喋っている。出される料理は小皿メインで、酒が進む濃いめの味付けだった。調理方法も簡素なものばかりだが、色艶の良いそれらは、見るからに食欲をそそる。実際どれも絶品で、ほどよく舌に絡むが後味がすっきりしており、下処理に手間をかけているのがわかる。

「界隈《かいわい》で一番のホステスさんを連れて一晩中飲み歩いたり、うまい飯を食べるためだけに飛行機で日帰り旅行に行ったり……。危ないことも沢山したよ」

古い馴染みのいる店で気が緩んでいるのか、源河の口はいつも以上に軽快だ。

「危ないこととは？」

興味を惹かれたらしい桐谷が合いの手を入れる。

「そうだな、一番スリリングなのは狩りだったな。免許をとって鹿撃ちに行ったんだ。山の中を何時間も歩き回って、へとへとになったところで、目の前に大きな鹿が現れたことがある。私はそれを仕留めて、この大将が肉をさばいたんだ」

「へえ、格好いいですね」

「気になるなら連れていってあげるよ。銃はやめたが、わな猟はたまに行っているから」

「本当ですか、興味あるな」

桐谷は目を輝かせて身を乗り出している。水崎もジビエには興味があったので、桐谷の陰から顔を出して控えめにアピールしてみせた。

「本当に新鮮な肉を一度食べてみるといい。肉っていうのは死後硬直が解けた半日後くらいが一番新鮮だと言われるが、死んですぐの肉にはかなわない。臭みを抜くために、生きたまま血を抜くのは残酷だったが、あの味ときたら……」

「おい源河、あまり余計なことは喋ってくれるなよ」

饒舌《じょうぜつ》な彼に、カウンターの向こうから、止める声がかかる。笑っているが、目が困っているように泳いでいる。

「わかっているよ、店で悪い噂をたてられたらたまらんもんな」

源河はそんな旧友の様子をからかっているようだった。

「こいつは、世帯を持ってからすっかり良い子になってしまって」

「そりゃあもう、火遊びを楽しむような歳じゃないからな」

「だからこそ、残り少ない時間を楽しめばいいじゃないか」

言い返してから、源河は桐谷と水崎に向き直った。

「君たちはまだ若いからピンとこないかもしれんが、何があるかわからないのが人生というものだ。やりたいことがあるときは、すぐに行動した方がいい。特に、美味しいもののための労力は惜しんではいけない。美食は教養だ。人は何故高い金を払ってプロの皿を求めるのか。口腹《こうふく》のよろこびこそが人生だからだ。サヴァランの言うように、美味なるものを情熱的に理知的に、また常習的に愛する心を養うべきだ。歳をとってからゆっくり楽しもうなんてバカな考えだよ。心も内臓も歳をとる」

滔々《とうとう》と語って、源河は酒を一気に飲み干した。水崎は半分それを聞き流しながら、桐谷の温かい指の感触を楽しみつつ、繊細な料理に舌鼓を打った。

店には二時間ほどいたが、充分に料理も酒も堪能できた。

「素敵な店でした。ありがとうございます」

「ごちそうさまでした、勉強になりました」

「楽しんでくれたのなら良かった。また誘うよ。水崎くん、桐谷くん。ああ、猟の時期になったら声をかけるよ」

「はい、楽しみにしています」

ふかぶかと頭を下げる水崎と桐谷に、源河はそれは良かったと笑って、タクシーに乗って去っていった。

「おいしい店だったね」

「ああ。取材お断りなのは残念だったけれど」

五時から飲んでいたので、まだ夜は浅い時刻だった。源河を見送ってから、二人は腹ごなしにひと駅ぶん歩くことにした。

コーヒーでも飲んで帰ろうかと探してみたものの、周辺にあるのはあまり個性のないチェーンのカフェばかりで、いまいち足を向ける気にならない。

会社帰りのサラリーマンの流れに逆らうように、あてどもなくぶらぶらと歩く。そのうちに、なんとなく会話は途切れたが、肩が触れ合いそうな距離に桐谷を感じながら歩く時間は、居心地の悪いものではなかった。

良い酒と料理が心地よく体の中を巡っている。店名の書かれたちょうちんが飾られた通りは、どこまでも続いていた。オレンジ色のあかりが、夏の湿った空気に滲んで、子供のころ、友達と歩いた祭り帰りの道に迷い込んだような、不思議な郷愁を覚えた。

「実はさ」

三十分ほどぶらぶらと歩いたころ、ふと、桐谷が口を開いた。

「俺の家、ここから近いんだ」

水崎は桐谷の顔を見上げた。彼は唇を湿らせるように舐めたあと、水崎にそっと囁いた。

「コーヒーでも飲んでいかないか？」

まるで誘い文句のテンプレートのような台詞だ。

どきりと胸を高鳴らせつつも、水崎はそしらぬ顔で、いいねと頷いた。


来た道を引き返して十分ほど。裏通りに入ってすぐのところにある、レンガ色の建物の五階が桐谷の住まいだった。

「へえ、いいところだね」

「日当たりは悪いけれど、新しい物件だからそこそこ住み心地はいいんだ」

エアコンのタイマーをかけていたのか、ドアをあけたとたんにひんやりとした空気に包まれる。

１ＬＤＫの部屋は天井が高く、広いリビングに、あまり使われていなさそうなアイランドキッチンが備え付けられている。シンプルなキッチンで唯一存在感があるのは、使い込まれて傷だらけの、業務用らしきコーヒーメーカーだ。桐谷はその前に陣取り、メジャーで丁寧にコーヒーの分量を測っている。

水崎は、コーヒーが入るまでの間に合わせにと渡されたビールにちびちびと口をつけながら、落ち着かずに何度もソファに座りなおした。

事務所然とした、飾り気のない部屋だった。ソファの後ろの壁は一面が本棚で、大小さまざまな本やファイルがびっしりと詰められている。その脇には、機能性に特化した無骨さのあるアイアン製のデスクと、背もたれが優雅な扇形をしたワークチェアが置いてある。

ビールを流した水崎の喉が、ごくりと鳴る。

安っぽいドラマのテンプレートのような台詞で水崎を部屋に誘った桐谷は、その後のよくある展開のように、玄関口で抱きしめてキス……はしなかった。

だが部屋に上げるということは、結局そういうことなのではないのだろうか。

初めて水崎のプライベートなスペースに桐谷を招いた日から、二人は頻繁にキスをしたり、体を触りあったりしてきたにもかかわらず、まだ最後までは至っていなかった。

水崎のシングルベッドは男二人には狭すぎる。それに壁が薄くて、通りを歩く人の声がよく響くので集中できず、なんとなくいつも、途中でやめてしまうのだ。

桐谷は自分を抱きたいのだろうな、と、水崎はうすうす気づいている。キスをするようになってから、桐谷はやけに優しく接してくるから。

男同士のセックスの作法はよくわかっていない。ネットで調べてみても、調べ方が悪いのか情報はまちまちだ。もしかしたら大惨事になるのかもしれない。

それでも水崎は彼と、体を繋げてみたかった。

最近、水崎は何度も同じ夢を視る。

それは桐谷に殺される夢だ。最初こそ、水崎は鳩の姿なのに、桐谷に首を絞められてキスをされるときには、何故か人の姿に戻っている。

人の姿の水崎を、桐谷は愛おしそう見つめるのに、首を締める手を緩めることはない。

水崎は桐谷のやさしい眼差しを見つめながら、もう何回も、夢の中で死んでいる。

その夢を視るたびに、水崎の体は内側から焙られたように、熱を持てあましてしまう。

早朝に目覚めて、自己嫌悪にまみれながら桐谷のあの美しい指の感触を思い出し、一人で欲望を慰めたあとは、虚しくて、しばらく空気が抜けたような気分で過ごすことになる。

だから、はやく、とどめをさして欲しいと思っているのかもしれない。

そんなふうに、内心ではかなり混乱しつつ焦れている水崎をよそに、桐谷のほうは今のところ、コーヒーを淹れることに全てのやりがいが集中してしまっている。

いたたまれなくなった水崎は立ち上がり、手持ち無沙汰に本棚の前に行った。

ずらりと並んだ本を眺めていると、少し冷静になる。

考えてみれば、桐谷からのアクションばかりを期待しすぎているのではないだろうか。

誘われて、のこのこ部屋に来てコーヒーまで用意してもらって、ここまでお膳立てされながら、こちらからはアプローチの一つもしないのはマナー違反なのではないだろうか。

せめて自分も、そういった気分なのだというアピールくらいはしたほうがいいのではないかと考えたが、残念ながら水崎は、ロマンチックな事象には疎かった。

何かアイディアはないものかと、水崎は、背表紙のタイトルを黙読する。

ジャンルは多岐《たき》に渡っている。経済誌、心理学書、漫画本に、ベストセラーの小説。もちろんグルメ関係の書籍も豊富にある。何より、中段の一番取りやすい場所にぎっしりと詰められているファイルの類が圧巻《あっかん》だった。

「何か気に入った本でもあった？」

ようやく満足する出来のコーヒーができあがったのか、桐谷がゆうゆうとリビングを横切って水崎に温かいカップを渡してくれる。

「これは全部仕事の？」

水崎はファイルの山を指で示した。

「うん、まあそうだね」

桐谷は歯切れ悪く答えて、カップに口をつけた。

「俺の十年分のスクラップやノートだよ。これでも随分整理したんだけれどね。後輩が資料に使うこともあるし、なかなか捨てられなくて」

水崎はその量に目を瞠った。一つの事件を追うのに過去の資料も必要になるという話は聞いたことがあるが、本当に毎日のように集めていたのだと、手に取るようにわかる。

これほど努力したものを、手放すのはどれほど辛いことだったのか。

「また事件記者に戻りたいと思ったことはないの？」

「無いよ。自戒のためにも置いてあるんだ。俺にはこれが向いていなかったんだ」

「腕のいい記者だったのに？」

「フードジャーナリストとしてもいい記者だと思っているよ。まだまだ勉強不足だが、駆け出しにしては評価してもらえている」

「事件記者をやっていたままのほうが有名になれたんじゃないの？」

　なおも納得しかねる水崎に、桐谷は苦笑して、あやすように説明した。

「どちらにしろ、新聞記者は数年ごとに部署移動するんだよ。癒着《ゆちゃく》をふせぐためと、見聞を広めるためにね。部署が変わればまたその分野を一から勉強し直す。野球選手の名前一つ知らなくてもスポーツ報道に配属されることもあるほどだ。そういうものさ」

「僕は今日からフレンチをやめて中華を学び直せと言われたら絶望するよ。もちろん中華も好きだけれど」

「適性の問題だよ。柔軟な人間は新聞社で働き続ける。できない人間は別の道にゆく。どちらにしろ、勉強嫌いな人間は記者には向いていない。学びの日々だよ」

「僕、子供のころ、親切にしてくれた記者の人にひどい言葉を投げたことがある。こんなに大変な仕事だと知っていたらもっと違った対応ができたかもしれないのに」

「なんだ、そんなことを気にしていたのか」

　桐谷は笑った。

「暴言くらいでは記者の心は折れない。悪者になる覚悟はあるよ。気にしなくていい」

きっぱりとした否定に、水崎はほっとしたものの、『そういった雰囲気』を自ら台無しにしていることに今更気がついた。

「それで、あの」

「なに？」

桐谷は首をかしげる。自分の部屋にいるせいか、いつもよりものんびりした動作だった。水崎は、無意味に何度もカップに口をつけつつ、脳内で何度も台詞を精査して、この和やかに澄んでしまった空気を変える策を練ろうとした。

おかげで、せっかく淹れてくれたコーヒーの味は、さっぱりわからなかった。

結局声にしたのは、ずいぶん消極的で、ともすれば皮肉ともとれそうな台詞だった。

「部屋に誘ったのが、コーヒーを飲ませるだけが目的なら、そろそろ帰ろうかと……」

桐谷はきょとんとしたあと、ふと息を吐き出して笑った。

幸いにも賢い彼は、水崎の訴えたいことを正確にすくい取ってくれたようだった。

「俺の寝室、見ていく？」

意趣返しなのか、試すような物言いをする。水崎は自分のことを棚に上げて、睨むようにして頷いた。

寝室のほうは、リビングと比べれば生活感があった。

乱雑な印象はないが、一人暮らしの男性特有の気配が居座っている。

「これでも片付けたんだけれど」

桐谷は水崎をベッドに横たわらせると、ネクタイを抜いてからそこに乗り上げてきた。

ぎしりと、スプリングが揺れる。桐谷の重みのぶんマットが沈む感覚がリアルだ。

どきどきとしている水崎をよそに、桐谷はそのまま体を添わせるように隣に横たわると、
水崎の肩を子供にするように撫ではじめた。

「まさか添い寝するだけのつもり？」

撫でられる心地よさで、うっかり眠気に巻かれそうになって、水崎はぼそりと抗議する。

「んん」

桐谷は曖昧な声を上げて、軽く肩を竦めた。

「実は少し悩んでいる」

冗談なのかと水崎が顔を上げて彼を覗き込むと、思ったよりも深刻な様子だ。

「悩み事？」

「君がとてもそそるから」

水崎は眉をひそめた。そんなことを言われても、反応に困る。

「僕とはやりたくないってこと？」

「まさか、そんなわけはない」

即答しながらも、桐谷は動かなかった。

「ほら、俺、君の部屋に行ったとき、君を噛んだことがあっただろう?」

「ああ、うん」

首筋を噛まれたあとは、出血こそしないものの、しばらく痕が残った。

あの時の痛みを思い出して、水崎はぞくぞくとした。

あれから水崎が、何度も彼に噛んで欲しいと乞うてみても、じゃれあいの延長程度のものだと思われているのか、最初のときのように強くしてくれることはなかった。

「あのとき、一瞬記憶が飛んだんだ。興奮して。そんなこと初めてだった……。あのときだけじゃない。君とキスをすると頭に血が上って、我を忘れそうになる。君にひどくしたくなるような、暴力的な激情だ。それが怖くて」

「……僕を殴りたいってこと?」

「殴りたいとは思わない」

「だったら別にいいんじゃないか? 多少痛いのくらいは」

「俺にそういう嗜好《しこう》はない」

不本意だとばかりにむっとした様子で、桐谷はかぶりを振った。

「ただ、君に噛みつきたくなる。皮膚を破って血が出るくらいに強く。喉の奥まで君を感じたくなる」

自分の衝動を嫌悪している様子なのに、無意識にか、唇を舐める。その仕草に、水崎は思わずぶるりと震えた。

「それって……僕を食べたいってこと？」

「まさか」

しかし桐谷は、ありえないとばかりに否定した。

「食べてしまいたいほど可愛いとは思うが、本当に食べたいわけじゃないな。これでも文化人なんでね。そういった趣味はないよ」

ほっとするべきところなのに、水崎は何故だかがっかりしたような気分になった。

あんなにも、水崎の血の入ったソースに目の色を変えたのに、そんな趣味はないだなんて、よく言えたものだ。

「だったら平気じゃないのかな」

だから水崎は強めの口調で反論する。

「僕は貧相に見えるかもしれないけれど、料理人は力仕事だ。毎日重いフライパンを振りまわしているし、十キロ単位の粉袋を幾つも運ぶ。嫌だと思ったらいつだって、僕はあなたを拒絶できる。それをしないってことは、嫌じゃないってことだ。つまり、あなたは自分が思っているよりもまともだよ」

「でも、俺は君に」

「寝室まで連れ込んでおきながら、そんな面白みのないことをだらだら愚痴るなんてがっかりだよ。このままお話を聞いて眠るだけなら、僕はいっそ噛み殺されたい気分だ」

我慢ができなくなって、水崎は桐谷のたくましい首筋に腕をまわした。そして彼の、厚みのある耳に囁きかける。

「噛まれるの、良かったよ。痛かったけれど、興奮した。きっとあなたは僕の欲望に影響されて、そんな気分になっているだけだ。それとも……すごく相性がいいのか」

密やかな告白に、桐谷がごくりと喉を上下させるのを、水崎は腕の内側の敏感な部分で感じ取った。

「またあのくらい、強く噛んで欲しい」

「考えておくよ」

優しく撫でるばかりだった彼の手が、水崎の腰を強く掴み、水崎は熱い息を吐いた。

互いに服を脱がせあい、裸を見せあう。

桐谷の体は想像通り、鍛えられてつややかだった。寝室のダウンライトに陰影を濃くして、はちみつ色に輝く筋肉の隆起は、芸術的ですらある。

それでも同じような年齢の同性同士だ。水崎だってガリガリってわけでもない。似たようなものだと自分に言い聞かせながらも、水崎はどうにも、もぞもぞと落ち着かない。

桐谷がそれを、愛しそうに眺めている。

「あんまり見ないでくれ」

「どうして、綺麗な体だよ。細いが、きちんと筋肉がついている、いい体だ」

彼はそう言いながら、水崎の胸を撫でて、ささやかな先端を口に含んだ。

「ん……」

水崎は目を閉じて、桐谷の与えてくれる感触に集中した。

上下の歯に軽く咥えられ、なめらかな彼の舌で、乳首の先端をこきざみに刺激される。

もどかしい官能が、じわりと滲んでくる。

片方の乳首も、桐谷の指につまみ上げられて、くるくると刺激される。

そのうち、肌の色より少し濃いくらいだったそこが赤く充血して、ぴんと立ってきた。

自らの体の変化に、水崎は戸惑って、身をよじる。

桐谷は、体を隠そうと動く水崎を、そっとシーツに縫い止めて、なだめるように首筋を舐める。頸動脈の上に、彼の舌が這うのを感じると、不思議と体から力が抜けてゆく。

水崎がおとなしくなると、桐谷は膝頭を掴んで、体を開かせた。

「あ……」

桐谷のまなざしは強く、まるで質量を持って水崎の肌の上をなぞるようだった。彼に全てを見られているということを、水崎はまざまざと感じた。触れられてもいない性器が、ぴくりと反応する。

桐谷はその様子に目を細めて、片手を水崎の足の間に滑らせる。

敏感な器官を温かい手に包まれて、水崎は息を吐いて、本能的に腰をくねらせた。

桐谷の口はなおも水崎の肌の上を愛撫してゆく。

鎖骨から肩、脇に吸い付き、指が脇腹をくすぐってくる。

「んん」

くすぐったさに水崎が肩を竦めると、桐谷はそれが可愛くて仕方がないといった顔で、何度も水崎の頬を撫でる。

彼の形のいい、薄い唇は、今日はまだ水崎の口に触れてこない。

それが寂しくて、水崎は彼の腕を掴んで伸び上がり、口づけしようとした。

「だめだよ」

けれど桐谷はそれを避けてしまう。

「なんで」

拒否されて、水崎はむっとして、むきになって追いかける。

「だめだって。我慢できなくなるから」

「我慢なんて、しなくたっていいって言っただろう?」

「そうはいかない」

そう言った桐谷が、おもむろに、水崎の後ろの穴に指で触れた。他人に触れられたことのない部分への刺激に、水崎は息を詰める。

「今日はここを使うんだろう？」

そのつもりではいたが、口に出して確認されると、くじけそうになる。

「だったらゆっくりしないと。丁寧にほぐさないと裂けるよ」

おまけに桐谷は怖いことを言う。

黙り込んだ水崎の額に、桐谷のキスが落とされる。

「なるべく痛くないようには心がけるよ」

全然安心できない台詞だった。


「ふ……うん」

後ろに指を入れられて、水崎はシーツを掴んで目を泳がせた。

「痛い？」

「痛くはないけど……変な感じ」

彼の指は根気よく、オイルを継ぎ足しながら水崎の小さな穴を何度も出入りする。

傷つけないように、慎重な動きを延々と続けていられる桐谷は、料理も覚えれば上手だろうにと、関係ないことを考えて、水崎はなんとか気を紛らわそうとした。

一本の指がもぞもぞと水崎のそこをかきまわしたあと、もう一本もぐりこんでくる。

「う」

二本の指は水崎の中にぐるりと触れて、ゆっくり抜き差ししてくる。いつのまにかそこはすっかりオイルでぬかるんでいて、ぐちゃぐちゃと粘度のある水音が寝室に響きはじめていた。それは自分の体の奥からも響いてきて、水崎は耳をふさぎたくなる。

「多分このへんだと思うんだが」

やがて彼の指が、何かを探るような動きに変わる。

「何が？」

こわごわ水崎が聞くと、感じるスポットだよ、と桐谷は真顔で言う。水分を含んで重そうなまつ毛が、ぱちりとしばたいた。

「ここの感覚に集中してみて」

「う……」

水崎はなるべく気を逸らそうとしているのに、桐谷は無体《むたい》なことを言う。気が進まないながらも水崎は言う通りにした。

指を入れられているあたりは神経が集中していると、水崎はネットで読んだことがある。痛覚は鈍いがそこで何かが動いていることはまざまざと感じ取れる。

桐谷はある特定の部分を、何度も小刻みに擦っている。そこに何があるのかと気になっていると、急にぴくりと電気が通ったように下腹部が跳ねた。

「あっ……」

あまりに長く穴をほぐされていたせいで、萎えていた水崎のそこが、みるみる勢いを取り戻してゆく。

その様子に、桐谷が嬉しそうに白い歯を見せる。

「良かった、感じるみたいだね」

「あっ……なに、アッ！」

そのままぱくりとそこを咥えられて、水崎の声が裏返る。

性器からの馴染みの快感が、後ろからの刺激と繋がって、電流が流されたように腰が痺れた。

「んんっ！　ヤッ、あっあ……ア、ン！」

まるで性感を挟み撃ちにされているようだった。

突然の強烈な快感に、水崎は体をくねらせて腰をかくかくと前後させた。

「はっ……あっ、だめ、くる」

暴れる水崎の腰の動きに合わせて、桐谷は頭を上下させてくる。そのせいで彼の口はまるで吸盤のように吸い付いたまま離れないし、いったい舌が何枚あるんだという動きで水崎の弱い場所を的確に攻めてくる。後ろに突っ込まれたままの指も、一度捉えたポイントを、決して外してこなかった。

視界にちかちかと星が飛ぶ。全身がふっと重力から解放されたようになり、性器の根本から熱いものがせりあがってくるのを感じる。自分ではどうしようもない体の反応で、桐谷の指を後ろで食い締めて、指の形をまざまざと感じ取ったらもうだめだった。

イく、と目をきつく閉じたとき、あろうことか桐谷はすっと離れていった。

「あっ……?」

「まだいかないで」

桐谷は頬にキスをして、微笑んだ。悪魔じみて魅力的なその表情に、水崎が見とれていると、おもむろに後ろの指が増やされる。

「あっ、なんで」

「ほら、さっきよりも感じるだろう?」

身悶える水崎に、嬉しそうに桐谷が言う。

後ろを出入りする指は、じゅぶじゅぶといっそう激しい音をたてて、水崎をさいなむ。

彼の長い綺麗な指が、水崎の内臓に触れているのだ。そう思ったら、腹の底から焼けるような官能が湧き上がり、全身を巡った。

「はっ、はあ、あつい」

「んん、いいね」

口を大きく開けて喘ぐ水崎に頬ずりして、桐谷が足をいっそう開かせる。

「ゆっくり入れるから」

指が引き抜かれて、ひくつくそこに、さらに熱いものがひたりとあてられる。それが何か、確認しなくても、水崎にはわかった。

一度ひくりとしゃくりあげてから、水崎はいいよ、と小さく囁いた。

やがて水崎の狭い門を、桐谷の熱が押し広げてくる。思ったような抵抗はないものの、入り口周辺の、焼け付くような痛みに、水崎は顔をしかめた。

「ちょっとだけ我慢して……」

桐谷は水崎を何度もなだめながら、少しずつ腰を進めてくる。

「っつ……一気に、入れろよ」

「だめだ、内臓は敏感なんだから」

こんなことをしているというのに、桐谷はときどき、水崎の保護者のような口調になる。

「ほら、カリのところが入った」

ほっとした桐谷が説明してくれる。

「うん……」

まだそんなところなのかと絶望しながらも、桐谷が達成感のある顔をしているので、水崎は一応頷いてみせた。

「ここが入ったら後はそこまで痛くないと思うよ」

中に入っていることをわからせようとするように、彼が水崎の浅い部分を、こりこりと擦ってくる。

痛みの中から、先程教えられた快感が滲んできて、水崎はこわばった体を僅かにほどいた。

桐谷はじりじりと腰を落として、揺すりながら水崎の狭い管の中を侵入してくる。水崎には、それが気が遠くなるほど長い時間に思えた。

一度入ってしまえば、それほどの痛みはない。ただ、異物が体の中を広げながら押し進んでくる感覚は異様で、冷や汗が滲んでくる。

「つらい？」

密やかな調子で、桐谷が問うてくる。

「だいじょうぶ」

辛いといえば、辛いけれど、水崎はこの苦しさから逃げたくなかった。

桐谷の屹立は硬くて熱く、ずるずるとどこまでも入ってきそうだった。彼は何度も大きく息を吐き出して、そのたびに、水崎に微笑んでみせる。そんな健気さを見せる彼を拒絶したくなかった。

「は……」

とうとう入りきったのか、桐谷がひときわ大きく息を吐き出して、水崎の乱れた髪を梳くと、額に唇を落としてきた。

「慣れるまでこのままでいるから」

余裕のない様子で、水崎の頭を何度も撫でてくる。

水崎は彼の、大きく上下する胸に鼻先を埋めて、体臭を思い切り吸い込んだ。汗臭い、男のにおいだ。水崎の体に興奮して、勃起している男の匂い。

彼の欲望は、水崎の体の中で、どくどくと脈打っている。

それを感じ取ると、水崎は頭の芯が痺れたようになった。

宥めるように頬を撫でる指に、水崎は唇を寄せて吸い付いた。少しふやけた皮膚が柔らかく、かすかな塩味がする。

「動いていい？」

桐谷の声が掠れている。耳からどろどろと溶けるようだ。

水崎はまるで目の見えない人がすがるように桐谷の肩を掴んで、首を伸ばした。

「キスしたい」

桐谷が躊躇《ちゅうちょ》するように顔を引いても、水崎はかまわず彼の顔を両手ではさみこむと、噛み付くように唇を合わせた。

びくりと彼が肩を震わせる。水崎は彼に教えられたように、舌先に吸い付いて上顎をくすぐり、焦らすように下唇を軽く噛んだ。

間近で見る桐谷の目つきが、一変する。

熱く攻撃的で、けれどそんな自分を必死で止めようとする顔。

水崎は彼の腰にかかとを擦り付けて、腰を上げた。もはや桐谷はそれ以上、我慢することはなかった。

「ア！」

がつんと、奥を穿たれて、水崎はのけぞって声を上げた。

桐谷はひきつる水崎の太ももを強く掴むと、内側をかき出すような勢いで腰をスライドしはじめた。

「ッ、アッ！　ア……！」

その感覚は強烈で、水崎はがくがくと揺さぶられるままに、高い声を上げる。

敏感な内側を強く擦られると、火がついたように熱くなり、暴力的な快感となって水崎を襲う。水崎は感覚のすべてがひっくり返りそうなほどに感じいった。

桐谷の動きに合わせて揺れる水崎の屹立からは、白濁した液体が、断続的に飛び散る。

痛くて、熱くて、死にそうなほどに気持ちがいい。

焼け付くような痛みの向こうにある感覚を掴もうと、水崎は体を大きくしならせて、狂ったように腰を振った。

桐谷が耐えきれないように、低い声を上げて、水崎の肩に噛み付いた。

「アッ！」

つま先をぴんと伸ばして、水崎は鋭い絶頂に駆け上がる。

大きく収縮する内側を、せめたてるように、桐谷がその壁をなおも穿つ。先程指で感じた部分を執拗に擦られて、水崎は絶頂している最中にもかかわらず、更に腰を浮かせて、びくびくと痙攣した。

性器のように敏感に、快楽を脳にたたきこんでくる内側が、まるで別の生き物のようにさざめいて、桐谷の欲望を逃すまいと絡みつき、奥へ奥へと引き込む動きをする。

桐谷はそれに促されるように腰を低く沈めて、水崎を押しつぶした。

呼吸が止まりそうな圧迫に、水崎は目を見ひらいて、声にならない声を上げながら、衝動的に彼の手を引き寄せて、自分の首にあてさせた。

しめて、と、水崎は無声音で彼に乞う。

ほとんど理性を失ったような様子だった桐谷が、動きを止めて水崎を見た。水崎はそれに構わず、彼の指を無理やり自分の首に絡ませると、その上から自分の手で絞めた。

「水崎？」

戸惑うような呼びかけも、もはや遠い国の音楽のようだった。喉が圧迫され、呼吸が細まると、脳が沸騰《ふっとう》したように熱くなって、後ろが激しく収縮する。

締め付けられる刺激に桐谷がうめいて、思わず、といったふうに指に力をこめた。

ぐっと呼吸が止まり、彼の欲望が、更に奥にと入りこんでくる。一瞬のホワイトアウト。直後に、水崎は激しくドライで達しながら、思考の全てを放棄《ほうき》した。


「大丈夫か？」

どのくらい自失していたのか。

気がつけば桐谷が心配そうに水崎の顔を覗き込んでいた。

「悪かった、ひどいことをした」

桐谷は青い顔で、水崎の首筋を撫でた。きっと首を絞めたことを言っているんだろう。

「気にしないで。絞めて欲しいと望んだのは僕だ」

だるい体を無理に持ち上げて寝返りを打ち、水崎は彼の胸元に転がり込んだ。

「あまりそういう趣味は良くない」

桐谷は咎める口調で言う。けれど水崎の裸の肩を包み込み、優しく撫でてくれる。

「気持ちが良かった」

彼の慰撫がまるで、自分の気持ちを受け入れてくれているように感じられて、水崎はうっとりと呟いた。

「セックスってこんなに気持ちがいいんだな。知らなかった」

「……初めてだったのか？」

愕然としたような調子で桐谷が言うから水崎は笑った。

「またしたい」

「……今度はもっと慎重にするよ」

もうやらない、と言われなかったので、水崎は嬉しかった。

「慎重になんかしなくてもいい。もっと激しくしたっていい」

「君はちょっとマゾなんじゃないか?」

「あなたのやりたいようにしてくれていいって言っているんだ」

「俺はもっと優しくしたいよ」

桐谷は頑固だ。途中から乱暴になったのは桐谷のほうなのに。やっぱり、キスをすると我を失うのだな、と水崎は、最中の彼を思いだす。必死で我慢しているのにどうにもならないといった様子で腰を振っていた。まるで危ない薬でも打たれたかのように。

自分の体液には、なにか、特別な効果があるのかもしれないと水崎は思った。桐谷を獣に変えてしまうような何か。麻薬のようなもの。

母があんなふうに殺されたのも、そのせいだったのかもしれない。

そう思うのに、不思議と怖くなかった。

それどころか、自分のキスでおかしくなる桐谷を、もっと見てみたいと思っている。

もっと夢中になって欲しかった。

桐谷は、もしかしたら水崎の血に興奮してしまう体の反応を、水崎への好意だと勘違いしているだけかもしれない。けれど、それでも構わなかった。

今、この瞬間、確かに桐谷は水崎の体を、大事そうに抱きしめてくれている。それは間違いようのない事実であり、水崎がそれを嬉しいと思っているのも勘違いではないのだ。

こんなふうに、優しく抱きしめられて幸福だ。

たとえそれが一瞬であろうとも、錯覚であろうとも。

ひとりぼっち、誰にも振り向いてもらえないよりずっといい。

それからもう一度、水崎がうとうとしている間に、桐谷は起き出したようだった。

目を覚ますとベッドに一人きりだった。さっきのは夢だったのだろうかと、水崎がぼんやりしていると、ドアが開いて、桐谷が顔を覗かせる。

「朝ごはん食べる？」

すかさず頷くと、やっぱりコックさんは早起きなんだね、と彼は笑った。時計を見れば、まだ日の昇らないような時間だった。

「行儀は悪いけれど」

桐谷はベッドまで食事を運んでくれた。

フルーツとヨーグルトと、コーヒー。レンジで解凍したベーグル。料理とも言えないほど簡素なプレートだったけれど、桐谷が用意してくれたものだと思うと嬉しくて、水崎は一くち一くち、大事に味わって食べた。

「動画でやり方を見たんだ」

そう言った桐谷が剥いたグレープフルーツはずいぶん不格好な出来なのに、彼の指からじかに食べたそれは、今まで食べたどの料理よりも美味しかった。

桐谷は水崎のことだけを見てくれている。口からこぼれたフルーツでシーツが汚れても、せっかく淹れたコーヒーが冷めてしまっても桐谷は気にしない。君はひな鳥みたいに食べるねと笑いながら、水崎のことをずっと、キスをしたいという顔で見ていてくれる。

水崎はそれが嬉しくて、彼にもっとわがままが言いたくなった。

水崎が市場に行きたいと言うと、桐谷は心配そうな顔をした。

「体のほうは大丈夫？」

「平気だよ。少しだるいくらいで」

「もし注文した食材を取りに行かないといけないなら、俺がかわりに行くけど」

「注文したものを取りに行くのはいつも七時過ぎくらいだよ。僕は市場までのんびり散歩したいだけ。ここから一時間くらいだろう？　今から準備して、出かけたらちょうどいい時間になる。こんなに早い時間に目が覚めるのは久しぶりだし」

「わざわざ今日散歩しなくても」

桐谷は渋っていたけれど、結局は折れてくれた。


うす明るくなりつつある道を、二人で歩く。

早朝の空気は澄んでいて、あたりは別の街のように静かだ。

シャッターの降りた商店街に、今年生まれたらしい子猫が二匹戯《たわむ》れている。

「だるくなったらすぐに言えよ」

心配そうな桐谷が、水崎の手をとる。人目がないから、いいかと思ったのだろう。

水崎はそれをごく自然に受け入れた。彼の手のひらからぬくもりが移ってくる。

駅を過ぎると一転して、近代的な高層ビルが立ち並ぶ景色が続く。薄暗く誰もいない大通りを、海からの重い風が吹き抜けてゆく。

なんだか新鮮な気分だと水崎は思う。まるで生まれたばかりの星にいるようだ。

寂しい世界の中で、繋いだ手のぬくもりだけが確かなもののようで。

「さわらがあるかな。買っておきたいな。さわらの押し寿司を作りたい」

「さわら？　サバじゃなくて？」

「春になるとお祝いにって、母さんが作ってくれたんだ。甘い酢飯に綺麗な具材を乗せて。

僕は子供のころ、ケーキが嫌いだったから、その代わりだったんだと思う。もしかしたら母さんは、ただカラスミが目当てだっただけかもしれないけれど……さわらって、春の魚って書くけれど、本当は秋のほうがおいしいから、今作るのもいいかと思って」

「ふうん、祝い事か」

桐谷がにやにやとするから、水崎はなんだよ、と頬を膨らませた。

「俺にも食べさせてくれる？」

「もちろん。あなたに食べさせたいと思っているんだよ」

からかうようだったのに、水崎がはっきりそう言うと、困った顔がほんのり色づく。

あなたが好きだと、言っているような表情だった。

水崎は彼の好意を、不思議と素直に受け入れられた。たとえそれが体だけの関係だろうとも、勘違いからであろうとも、きっかけなんてどうでも良くて、今この瞬間、桐谷の心は水崎のもとにあるのだと感じられる。

その事実に、心臓から芽生えた歓喜が花咲くように、震えが走る。どうしようもなく頬の筋肉が緩んで、冷たいはずの指の先まで血が巡る。

「僕、なんで忘れていたんだろうな」

「何を？」

「大人になったら、秋のさわらで押し寿司を作って、母さんにあげようと思ってたんだ」

もういないけれど。

呟くと、つないだ手が強く握り返された。それが嬉しかった。

その喜びは、料理を褒められたときとは違うものだ。震えるほど嬉しいのに、どこか寂しく苦しい。自分すら知らない傷口にまで染み込んでくる、暖かな雨のようだった。そんな感情が自分にあるなんて知らなかった。

もはや自分には、料理しか残っていないと思っていた。誰かに料理を食べてもらって、一人ひっそり喜びを噛みしめることだけが、自分の味わえる幸福だと思っていた。

誰かとの幸福なんて、すっかり諦めてしまっていたのに。

市場に続く大きな橋を渡る。橋の上からは東の空が明るくなってゆくのがよく見えた。灰色のビルの隙間から、バラ色の光がもれさしてくる。朝はたちまちのうちに街に色を与えて、橋の下の暗い水すら、金色の鱗《うろこ》のようにきらめき始める。

気を引かれたのか、桐谷が立ち止まってまぶしい水面に目を細めている。彼のまつ毛にも金色の光が灯っていた。水崎が見とれていると、気づいて顔を上げ、微笑みかけてくれる。彼の頬も美しく輝いている。その全てが奇跡のようで、水崎は途方に暮れた。

彼のささいな仕草に、強く感情が揺すぶられる。これが二人でいるということならば、自分は今まで死んでいたようなものだ。心が息を吹き返してゆく。

水崎は彼によって、自分の中の何かが確実に、変わってゆくのを感じていた。

秋も本格的になるころ、水崎は店の営業形態を変えることにした。

負担になっていたランチ営業を週二に変更して、一段階高いラインのコースメニューを増やした。ディナーの開始は一八時から一七時に早め、いちばん混雑する金曜日は閉店時間を一時間引き下げて、二三時に設定した。時間をすぎても客が残っている限りは開けておくつもりだ。

店が軌道に乗り始めたから踏み切れたことだった。できるだけ長く続けたいから、無理のない営業にしたかったのだ。

余裕ができた時間は、レシピの研究や外食にあてるつもりだったが、水崎は結局それを言い訳に、桐谷の部屋に入り浸ることが多くなった。

桐谷の家のキッチンを使いたいのだと水崎が言えば、彼はあっさりと合鍵をくれた。

「いつでも来ていいよ」

というより、いつでもおいで、と桐谷は水崎を甘やかしてくれる。

がらんとしていた桐谷の部屋に、小型のスチームコンベクションオーブンを始め、調理器具が増えてゆく。水崎の希望で桐谷が買い揃えてくれたものだ。半月もしないうちに、店の厨房とまではいかないものの、かなり本格的な料理が作れるまでに設備が整った。

桐谷の仕事は不定期なので、ピジョノーが休みの日に、必ずしも休みがとれるわけではなかったけれど、彼は極力水崎に合わせてくれた。

二人が休みの月曜日は、朝のうちに市場をめぐって気になったものを買い、水崎は帰り道に思いついたレシピを桐谷に聞かせる。桐谷は上手な聞き役になってくれる。最初のころは桐谷のほうから仕事で食べた料理で気に入ったものを作って欲しいとリクエストが入っていたが、水崎がその店よりも上手に作ってやろうと対抗心を燃やして一日が潰れてしまうため、めったに口出ししないようになった。

日曜日はそれよりもゆっくりとした朝を過ごす。朝食兼昼食は、桐谷が作ってくれる。水崎はそれを監督しながら夜の仕込みをする。最近桐谷は魚を三枚におろせるようにまでなった。水崎は彼は筋がいいと思っているが、目を離すとしょっちゅう肉や魚を焦がすので贔屓目《ひいきめ》かもしれない。

昼は都内をぶらぶらすることもあるし、部屋でだらだらと過ごすこともある。

桐谷が締め切り前で忙しく、水崎一人がキッチンに立つときは、桐谷はダイニングテーブルで仕事をした。右手に大量の資料を積み上げて、真剣な表情でラップトップを睨んでいる桐谷を傍目に水崎は料理を作る。リズミカルなタイプ音がしているときは、そのリズムに合わせて食材を刻んで遊ぶこともある。

ランチ営業の無い日の前夜も、水崎は桐谷の家を訪れた。日付が変わる時刻にインターフォンを鳴らしても、桐谷は嫌な顔ひとつせず出迎えてくれる。彼がまだ家に戻っていないときに合鍵で部屋に入ることにも、水崎は気後れしないようになってきた。

「明日の仕込み？」

その日は、鍋がふつふつ煮立ちはじめたところで桐谷が戻ってきた、疲れたと言いながらキッチンに入ってきて、水崎の腰を引き寄せて、耳の後ろにただいまのキスをする。

「キッチンに入るときは、手を洗って服を着替えてからだ」

「いいだろ、自分の家でくらい。店ではばい菌みたいに扱われているんだから」

「桐谷がばい菌なんじゃなくて、外がばい菌だらけなんだ。手を洗って」

水崎が顔をそむけると、桐谷はしぶしぶシンクで手を洗いはじめる。

「明日の仕込み？」

「そう。リ・ド・ヴォーを使おうかと思って」

鍋の中でぐつぐつと煮立っているのは、朝から血抜きしておいた仔牛の胸腺《きょうせん》だ。

「心臓に近い方がリ・ド・クー。ふわふわして優しいからプレゼにしようと思う。洋梨とトリュフと合わせて、酸味を効かせる。喉に近いほうがリ・ド・ゴルジュ。筋ばっているけど旨味が濃い。こちらはたまねぎとソテにする」

三分ほどで取り出して、氷水に漬けて冷やす。その後ナイフで筋や油をとりのぞく。ふわふわしたうすピンク色の胸腺を覆う、半透明の薄皮は、取りすぎると崩れてしまうから、そっと優しく剥いでゆく。

「なんだかエロティックだね」

着替えてきた桐谷は水崎の呑みかけのビールを呷ったけれど、ぬるかったのか、顔をしかめて新しい瓶を冷蔵庫から取り出している。

「桐谷はこういうタイプが好み？　リ・ド・ヴォーは大人になると退化してしまう器官だよ」

意地悪く言って見上げれば、桐谷が口の端を下げてかぶりを振る。

「そういう返事に窮することを言うのはやめてくれ。ただ水崎の綺麗なアソコみたいだと思っただけなのに」

「それこそやめてくれ」

水崎は彼を軽く足で蹴るふりをしてから、食材の水気を切ってペーパータオルに挟んでバットに並べた。

「重しをして冷蔵庫で一晩だ。明日にはしっかり水分が抜けて調理に最適な状態になるよ。クリーミーで繊細な、高貴な食材だから手間はかかるけど。きっと美味しい」

「それで仕込みは終わり？」

「何か夜食でも作ろうか？」

「そうじゃなくて」

バットを冷蔵庫にしまい終わって振り返ると、桐谷は軽く手を広げて小首を傾げた。

水崎は微笑んで、エプロンを脱ぎ捨てると、彼の首に手をまわして軽く伸び上がる。

「おかえりなさい」

「ん」

満足そうに桐谷の口角が上がり、水崎をしっかり抱きしめた。

「それで、相談があるんだけれど」

桐谷が思わせぶりに目配せをする。それだけで、水崎は彼の望みを理解した。


「ふ、ん……ふふ。入った」

調理台に乗って、大きく足を開き、水崎は彼の砲身を体の中に収めて笑った。

セックスには慣れてきたけれど、桐谷のそれが入ってくるときはいまだに緊張する。だから長く熱いそれが自分の中に全部収まると、ほっとして、自然と笑みが漏れるのだ。

「……冷たくない？」

桐谷が水崎の微笑みを愛おしそうに眺めながら、双丘をわし掴んで軽く揺する。

「んっ冷たくな、んっ、ああ、そこ」

「結構乗り気だね。調理場は聖域だとか、怒るかと思った」

「だって、仕込みは終わったし、後で洗えばいいことだし……怒ったほうが良かった？」

桐谷の腰に足をまわして、水崎は自分のいい部分にあたるように腰を上下させた。

「まさか。嬉しいよ」

短い息で彼が笑う。

桐谷の家のキッチンは、彼が水崎のために揃えた器具で満たされている。冷たい調理台は桐谷の熱をより感じ取れるし、いつもは食材を捌いて刻むその場所に、自分が押し倒されることに、水崎は興奮していた。

「んん、なあ、このへん、突いて」

「はっ、ここ?」

桐谷が狙いを定めて一点をゆすり上げてくる。

「あっ、あんっあ！　そこ！」

彼の先端が当たる場所から、きん、と、鋭い快感が通って、水崎は高い声を上げる。

「んっん……」

腹を波打たせて、ペニスからとろとろと白濁を垂らす水崎を、桐谷は愛しそうに見つめてキスをする。

「もうちょっと、我慢して」

「あっ、あっ」

そう言って、再びゆるやかに動き始める。イった後は敏感すぎて、擦られるのは辛いけれど、内臓ごと揺するような桐谷の力強い抽送に身を任せているうちに、今度は体の奥のほうから快楽がにじみ出てきて、もっと、もっととねだってしまう。

桐谷はダンスはちっとも上達しないのに、腰使いは本当に上手い。

水崎は彼以外を知らないが、少なくとも自分にはできない芸当だと思っている。

「ハッ、は……ちょっと動きにくいな」

桐谷は水崎の足を抱え直して、いまさら照れて笑う。

あとでベッドでもう一回、いかせてあげるからと言って、桐谷は水崎の足を広げて、勢いよく、自分本意なピストン運動を始める。

がくがくと揺さぶられながら水崎は、自分がただの穴のように使われることに、ひどく感じた。

「あっ、は、あっあっあっ！」

水崎は夢中で自分の屹立に手をのばし、乱暴に扱き上げながら絶頂に駆けのぼった。

「ンッア、アッ……！」

内股をひきつらせ、勢い良く飛んだ精液が、水崎の頬まで飛びちった。

「水崎……」

桐谷は水崎の痴態に息を飲んで、余韻に震える屹立を、水崎の手ごと握りこむと、無理やり上下させる。

「アッ、だめだ、イッ……イッたばかりだから……漏れっ」

水崎は前も後ろも同時に刺激され、更に喉元に噛み付かれて、痛みすれすれの快感に耐えきれず、悲鳴を上げながら宙をかく。指先が調理具にあたり、騒がしい音を立てる。桐谷はそれに構わず突き上げてくるので、水崎は彼の肩に爪を立てて衝撃をやり過ごした。

「アッ……ハ、も、やめ……！」

びくびくと跳ねる体に合わせて、水崎のペニスの先端からは透明な水のようなものが断続的にふきあがる。

桐谷はそれを満足げに眺めつつ、尚も突き上げて、水崎の一番深い場所で絶頂のうめきを上げた。

水崎は痛みと快感に半分自失しながら、自分のなかでびくびくと跳ねる彼の欲望を感じて、再び甘い絶頂にふわりと身を任せた。

そんなふうに、水崎はすっかり、桐谷とのセックスにはまってしまっていた。

激しく交わると、しばらくのあいだ、水崎は内側が疼いていてたまらない気持ちになった。恥ずかしい、けれどもっと擦って欲しい。そのことしか考えられなくなる。

彼の美しい指は器用に、彼の舌はなまめかしく、水崎を追い上げてゆくのが上手かった。とろとろになるまで溶かされたあと、彼に挿れられると、水崎はわけがわからなくなる。

良い場所を執拗に擦られて、失禁しそうなほどに何度もいかされて。噛みつかれて絶頂する。最近の桐谷は、水崎が乞わなくても噛み付いてくる。何度も歯をあてられた首根には、常にどす黒い痕となって水崎の白い肌に染み付いている。水崎はその痕をなぞるだけで、桐谷の歯を思い出して、骨の芯から震えるような興奮に囚われる。

彼によって変わってゆく自分の体が、水崎は好きだった。

まるで相手のために生きているような日々は、陶酔にも似た幸福があった。

「もしかして、桐谷って、すごくいい男じゃないですか？」

勢いあまってそんなことを秋場に打ち明けた水崎は、盛大に呆れられた。

「水崎くんが、そんな色ボケたことを言い始めるなんて」

「えっ、そうですか？」

さめざめと泣き真似をしている秋場に、桐谷は納得いかなかった。

「でも彼はとてもおおらかだ。教養もあるし、顔もいいし、服のセンスは全然ないけど」

桐谷と付き合うようになって、水崎は調子がいい。彼との会話で新しい、斬新なメニューが次々思い浮かぶし、肌の調子もいいみたいだ。

それに先日など、桐谷は新車を買ったのだ。白のチェロキーは仕事に使うのだと言っていたが、水崎が使いたければいつでも使っていいらしい。水崎の車は中古の軽で、かなりのポンコツだと漏らしたことを覚えていてくれたのだ。おまけにぴかぴかの車が魚くさくなっても気にしないらしい。桐谷は愛車をずいぶん大事にしているようなのに。

そんなことを滔々と語ると、秋場は深く息をついて、打つ手のない患者を前にした医者のようにかぶりをふった。

「君がどれくらい桐谷くんに骨抜きなのかはよく分かった」

「本当にそう思っているの僕だけですか?」

むっとすると、秋場が吹き出した。

「冗談だよ! 服のセンスなら任せてくれ。教育してどこに出してもいい男にする」

「いや、このままでいいんです。浮気されるのも嫌なので……」

秋場が軽く口笛を吹いて水崎の背中を強く叩く。

「はいはい、ごちそうさま。そろそろ厨房に戻って仕事しなさい」

いなされてしまって、水崎はちょっとしょげた。

秋場はそんな水崎を満足そうに見上げる。

「僕も、桐谷くんはいい男だと思うよ。間違ってないさ」

秋が深まるころ、源河が約束通り、鹿狩りに二人を誘ってくれた。

日曜日、未明のうちに家を出て、山奥へと分け入っていく。

草むらに埋もれた細い獣道に沿って仕掛けているのは、ばねの力で動物の足を括り付けて生け捕りにする、くくり罠という装置だ。

くくり罠猟には、獲物の選別ができること、血抜きがすみやかにできることと、銃弾で内臓が破裂して肉が汚染されることがないというメリットがある。

ただ、獲物が毎日かかるわけではないので、運次第と聞いていたが、山道をしばらく歩くと、うずくまっている鹿に出会った。

まだ若い、牝《めす》の鹿だった。彼女は野生動物特有の、感情の見えない、澄んだ眼差しをしている。彼女の左前足は罠に囚われていた。鹿は前足を捉えられると暴れなくなる習性があるらしく、ひどくおとなしかった。

「水崎くんたちはラッキーだったね」

三人の猟師が鹿を取り囲み昏倒《こんとう》させると、源河が慣れた手付きで鹿の頸動脈《けいどうみゃく》を切った。

鮮やかな赤い血が、どくどくと黒い土に流れ、黒い目からみるみるうちに光が失われてゆく。水崎は彼らの手際の良さに感心したが、桐谷は青い顔で硬直していた。

解体場に移動したあとも、桐谷は少し離れた場所で鹿を見ていた。行きがけの、新車での遠出にはしゃいでいた姿は見る陰もなく、衝撃を受けていることは隠せない様子だった。

水崎は冷えてゆく鹿の体から這い出てくる虫まではっきり見える場所で鹿を見守った。家畜のと殺は見学したことがあったが、野生の鹿は初めてだ。野生の鹿の凛《りん》として優しい顔立ちに、水崎は、おかしな話だか、まるで古い友人のような愛着を感じていた。

できれば桐谷にも、この鹿のことをもっとよく見て欲しいと思った。いずれこの鹿は桐谷の胃の中にも入るのだから。


「大丈夫か?」

桐谷は小屋の外に座り込み、ぼんやり休んでいた。水崎が声をかけると、彼は情けなさそうに眉を下げた。

「すまない、あんな沢山の血を見るのは初めてで、動揺してしまった」

「謝ることはないよ。誰でも、生き物が死ぬのを見るのは怖いよ」

「料理人でもそうなのか?」

頷いて、水崎は彼の隣に腰掛けた。

「僕の家は料理屋だったから、物心ついたころから鶏や魚が絞められるのはよく見ていた。だから、人より慣れていると思う。それでも料理中にふと、この肉は生きてたものの一部だってことを自覚して、怖くなることもあるよ。肉の状態で、殺され方だってわかってしまうし。指が震えて触れなくなることだってある」

「そんな時はどうしているんだ」

桐谷は抱えた膝頭に額をすりつけながら水崎に問い掛ける。彼はずいぶん打ちのめされているようだった。彼にこれ以上鹿の死体を見せつけるのは酷な気もしたが、水崎は諦められなかった。

「どうもしないよ。覚悟するだけ。そういうところ、記者と似ているのかもしれない。料理への愛情と、覚悟がないと料理人なんてやってゆけない。料理っていうのはつまるところ、殺した生き物をどうやって美味しく安全に効率よく食べるかの研究だ。そして生きている限りは誰だって生き物の命を奪って生きていくしかない。肉だけでなく野菜だって生き物だ。作物を育てるためにはそれを餌にする虫や草食動物の駆除もしないといけない。生きるって残酷なことだよ。それを受け入れるんだ」

「コックのときの水崎は格好いいな」

桐谷が眩しげに目を眇める。

「格好いいんじゃないよ。慣れただけ……桐谷もそのうち慣れるよ。料理を仕事にするなら、こういう経験は避けられないだろうし」

「そうだね、どんなに素晴らしい仕事だって綺麗な面だけじゃない」

彼はふいと水崎から視線を逸らした。

「……実はさっきさ。罠にかかっている鹿がさ」

ぼそりと、桐谷は打ち明ける。

「何故だか水崎に見えてしてしまって、怖くなったんだ」

彼の告白に水崎の心臓が大きく跳ねる。

「……僕は鹿じゃないよ……確かにちょっと、ひょろ長いけど」

「そういうんじゃなくてさ。俺を見るときの綺麗な目とか、純粋そうな雰囲気とか、不思議とだぶってしまって。だから殴られて殺されるのを見るのが辛かった」

桐谷は一息にそう告白すると、口に出したことを後悔するように唇を噛んだ。水崎は彼の手を強く握った。叫びたくなるような衝動が喉元までせり上がってきたが、それが何かはよくわからなかった。愛しさだろうか、歓びだろうか。とにかく、落ち込んでいる相手を前にして持つ感情ではなさそうだった。

「鹿に例えられるのは光栄だけれど、僕は鹿じゃない。動揺して錯覚したんだろう」

「そうだね」

「近くで見てみない？」

「そうだね……」

首肯《しゅこう》して立ち上がる桐谷は、さきほどよりも顔色が良かった。水崎はほっとして、嬉しくなった。

水崎は源河に頼み、鹿を解体させてもらうことにした。源河は処理の難しい膀胱《ぼうこう》と肛門だけは手助けして、後は水崎に任せてくれた。

「やってみる？」

気まぐれに水崎が桐谷を振りかえると、彼は意外なことに素直にナイフを手にとった。

大丈夫なのかと、自分で訊いておきながら水崎は心配になったが、それを声に出すことはなかった。それどころか、期待で手が震えるほどだった。

桐谷の逞しい腕は、最初こそ躊躇して刃先をさまよわせたものの、覚悟を決めると、逆さ吊りになった鹿の股から胸を一気に切り裂いた。

元々黒ずんだ紫色だった鹿肉は、空気に触れると、たちまち鮮やかな赤に染まった。

桐谷は一言も喋らなかった。鹿の独特の臭気にも怯むことなく、水崎の指示に従い、内臓を取り出し皮をはぎ、前足を持って露出した肋骨《ろっこつ》と肩の間を切る。

水崎はその作業を眺めながら、教えた通りに動き、血に汚れてゆく彼の手に、ひどく昂っている自分に気がついた。まるで自分が目の前の鹿になったような気分だ。桐谷の手付きは力強く、慣れた様子ではないが丁寧で、優しさすら感じる。

あんなふうに、自分も彼に触れてもらえたらどんなにか……。

「なかなか手際がいいね。鹿の解体はしたことがあるのかい？」

源河が桐谷に話しかける声に、水崎ははっと我に返った。

いいえ、と、桐谷は硬い声で源河に返した。

「触るまでは勇気がいりましたが、一度解体をはじめたら、案外いけるものですね」

「桐谷は、やろうと思えば何でもできるんだな。本当にすごいと思う」

水崎も桐谷を褒めたが、彼は浮かない顔で、源河に聞こえないように声をひそめた。

「いや、何でもはできないよ。水崎が上手に教えてくれたからできたことだ。それに、もう鹿の解体はごめんだ。虫も匂いもすごいし、俺には向いてない……」

「フィレを入れておくよ。背ロースはこれくらいは食べるかな」

源河が保冷ボックスに肉を詰めながら訊いてくる。

「ええ、ありがとうございます。あと、よければ首肉も少しいただけると」

水崎は桐谷に向かって曖昧に頷いたあと、源河をふりかえり、笑顔を作った。鹿肉は繊維が細かく柔らかだ。火が通りにくく、淡白な味なので、まずは冷蔵庫で数日熟成させて、背ロースはオーソドックスにバターでポアレに。筋ばった首肉は細かく挽《ひ》いてハンバーグにしよう。

「ああいいよ。いくらでもどうぞ。そうだ、むこうの小屋で、生ハムも作っているんだ。一ヶ月くらいしたら出来上がるから、またおいで。うちの熟成庫には、いい菌を持った年代物の枝肉があるから、自信があるよ」

「ありがとうございます。楽しみだな」

水崎は源河と話を合わせながら、桐谷の様子を伺った。彼は疲れた様子だが、あんがい冷静なようだった。

「帰ったら鹿のフルコースだ。お礼に何でも作るよ」

「頑張った甲斐があったな」

耳打ちすると、桐谷がやっと笑顔になる。気を許した相手に見せる、飾らない表情。水崎は今すぐその唇を味わいたくてたまらなくなった。


結局水崎は我慢できずに、サービスエリアで桐谷の膝に乗って、その唇を奪った。

桐谷は不意打ちに驚いていたものの、すぐに火がついて水崎に応えてきた。

最後まではしなかったけれど、いつ誰に見られるかわからない場所で、敏感な部分をさらけだし、刺激しあうスリルに興奮は高まっていた。

お互い中途半端に高めてしまった体を持て余しながらなんとか家に帰ると、我慢は限界で、慌ただしく玄関で繋がってしまった。

翌朝、あちこちがぐちゃぐちゃになった部屋の惨状に、桐谷は反省していた。

「まったく、学生でもあるまいし」

などと、ぶつぶつとこぼしながら、散らかった衣服を拾って不機嫌だった。

「車があると便利でいいだろう？　いつでも乗せるから」

けれど水崎に向けた第一声がそれだったので、ほっとした。

またこんなふうに、羽目を外してみたかったからだ。

桐谷との日々は、水崎にとって、何もかもが新鮮で刺激的だった。

閉店後に車に乗って、海まで行って夜明けを待ってみたことがある。真っ暗な海の向こうから日がのぼり、その明るさに金星が消えるころ、空に美しいグラデーションがかかって海鳥たちが声を上げ、早起きの老人が、浜辺を犬と横切ってゆく。

レイトの映画館に足を向けた日には、二人とも途中で眠ってしまった。見られなかった結末については、あとで二人で予想しあった。

お互い忙しい合間を縫って過ごす時間は、なにも特別なことをしなくても、二人でいるだけで大事な思い出になった。セックスだってそうだ。

二人の欲望には限りがなくて、体を交わすたびに、どんどん互いの好きなやり方がわかって、気持ちよさが増してゆく。

「水崎のキスは、麻薬みたいだ」

熱に浮かされたように桐谷が言う。その通りなのかもしれないと、水崎は思っている。

もし本当に、自分の体液に興奮作用があるなら、きっと自分は幸福な体を持って生まれたのだ。そんなふうに、考えることもあるほどだ。

「なあ、桐谷。噛んで。ここ」

桐谷の部屋や水崎の寝床のまわりにも、二人で出かけた記念の品が増えてゆく。波に洗われたガラスやキーホルダー、小さな置物。浮かれるとつい買ってしまうものたち。スマホの画像フォルダにも互いの笑顔が増えていった。


そんなある日曜日、久々に桐谷の仕事が一段落ついたらしく、水崎は外食に誘われた。

「モダンガストロノミー料理専門の店だよ。源河さんに教えてもらったんだ」

連れていかれたのは、レトロなSF映画ふうの内装の店だった。出される料理はキューブ状だったり、枝や石のようなものだったり、前衛的な彫刻のようだったりと、美しいが、これは食べ物なのだろうかと首をかしげるものばかりだ。

「液体窒素で凍らせたり、遠心分離機で分離させたりして調理をしているらしいよ。手法は、かつてスペインの有名なレストランが提供していた十五年ほど前のレシピをアレンジしているらしい。期間限定というから、実験的な試みなんだろうな。厨房を見せてもらったが、ほとんどキッチンというよりも研究所だった」

嬉々として説明してくれる桐谷は子供みたいに目を輝かせている。

水崎はその店の料理の斬新さよりも、彼の、あまりにも明るい笑顔に衝撃を覚えた。

彼が水崎の料理を食べて、こんなふうに無邪気に喜んでくれたことなどなかった。

「料理は皿の上の現象だと言うけれど、これはマジックみたいだ。見た目からは味がまったく想像できない。けれど食材のエッセンスだけを抽出したミニマムな料理でもある。突き詰めると究極になるみたいな……禅みたいなものなのかな」

しかも饒舌だった。

確かに料理はすべて変わっていた。

会席料理のように何品も出てくる、色鮮かで見かけや組み合わせの斬新な料理たち。ときにスプーンに盛ったままで出てくる。かと思えば大きな皿をはみだすほど巨大な品が乗って登場することもある。奇抜にもかかわらず、おそるおそる口にしてみれば驚くほど香り高く、口の中でバランスよく混ざり合う。もしかしたら最高に美味なのかもしれないが、視界と味覚が混乱してしまうせいで正確なことは判断がつかなかった。

料理というには、やや狂気じみていて、ときにいささか雰囲気に騙されているような気分になる皿の数々だったが、確かに経験して損はないものだった。

料理に新鮮な驚きは必要だ。水崎の料理に足りないものがここには溢れている。

「次は最新技術を使ったレストランの特集を企画しようと思っている。斬新な料理を表紙に入れて。きっと読者の目を惹くと思う」

帰り道でも、桐谷はずっとその企画に夢中だったので、水崎はなんとなく落ち込んでしまった。彼は好奇心が強く情熱的だ。けれど、それは同時に移り気であるということかもしれない。食に関する興味という土台は揺らがないものの、珍しいものがあればそちらに惹かれてしまうのは仕方のないことだし、ライターとしての資質なのだろう。

　彼の止まらないお喋りに、笑顔で相槌を打ちながら水崎は桐谷がまた普通の料理の素朴な魅力に目覚めてくれることを願った。

　けれどそんな祈りもむなしく、桐谷の企画は通ってしまった。桐谷の張り切りはすさまじく、水崎までもがフォロー役として、シェフのMさん、という匿名で企画に巻き込まれていた。おかげで水崎は頻繁に最新鋭のレストランに連れまわされることになった。

　エスプーマをはじめとした泡を使用した料理メインのフルコースや、霧を味わう部屋、3Dプリンターを使った彫刻のような料理、全く違う素材を他の食材そっくりに作る技術や、食用の接着剤を用いて、寄木細工《よせぎざいく》のように複雑で美しい模様を作り出す店、食材を全てシート状にしてしまう機材、様々な天然素材で、抽象画ふうに仕上げた皿もあった。昆虫食を近代的にアレンジにしたものや、香りによって風味が変わる料理など。

　水崎は気がすすまないながらも、断ることはできなかった。断れば、桐谷は別の人を相棒にするかもしれないと思うと嫌だったのだ。

　芸術作品のようなガストロノミーレストランと自分の庶民的なビストロを比べるのはおかしいとはわかっているが、桐谷は本当は、こういった意外性に満ちた料理が好きなのではないかと、水崎は疑いはじめていた。

水崎の料理はどちらかといえば地のものを使い、伝統を重んじる親しみ易い味付けのものだ。源河は水崎の料理を洗練されていると言ってくれたが、やはり斬新とか、未来的と言われるものと比べれば平凡だ。

もしかしたら桐谷はもう、水崎の料理に興味がなくなったのではないだろうか。

不意に浮かんだ疑問に、水崎は背骨が凍る心地だった。

麻薬だって、常用すれば効かなくなる。

一時期は、毎週水崎の料理を食べていた彼が飽きてしまうのも仕方ないのかもしれない。

そう思って、いてもたってもいられなくなった。

数日後、水崎の店に頼んでいたものが到着した。

箱を開けると、羽をむしられた小さな鳥の肉がずらりと並んでいる。

先日、国内で鳩の養殖をしている農家があると耳にして、取り寄せてみたものだ。

水崎は緊張した面持ちで、その食材を手にとった。小鳩の肉に触れるのは十数年ぶりだ。

水崎の母が死んでから、一度もこれを調理しようという気にならなかった。

恐ろしいことが起こるのではないかという、根拠のない不安に囚われていたからだ。

けれど今、慣れた厨房で手にとったそれは、ただの若い鳩のなきがらだ。手頃な重さで、ずっしりとした赤い身はいかにも味が深そうだ。

一羽まるまるローストしたらきっと美味しいだろう。フォアグラを中に詰めて、コクを深めるのもいい。ハーブと混ぜてサラダ仕立てにもしよう。鳩のスープは難しいらしいから、挑戦してみたい。

水崎はそれらを検分しながらレシピを色々と考える。斬新なメニューも作ろう。少しくらい失敗してもいい。これらは店に出すことが、真の目的ではないのだから。

うまくできたレシピがあれば、真っ先に桐谷に食べてもらうつもりだ。丁寧に作ったソースに、自分の血を一滴混ぜて。

桐谷は今回も、それに気がつくだろうか。

前のように、目を輝かせて、この味に会いたかったと感激してくれるだろうか。

水崎にしか作れない、秘密の隠し味の正体を知った今でも食べてくれるだろうか。

この血が二人のよすがになるだろうか。

自分の血にまですがりつく水崎を無様だと思うだろうか。

そんな思いに没頭していたせいで、水崎は包丁を持ったまま、しばらくぼんやりと厨房に佇んでいたようだった。

ふと視線を感じて振り返ると、厨房を覗き込んでいる男と目が合った。赤ら顔にむきだしの目玉がついているように見えて、水崎は驚いて手をすべらせてしまった。

「あっ」

「ああ、すまない、声をかけても反応がないものだから」

大丈夫かい？　と尋ねながら厨房に入ってきたのは源河だった。

「プロの料理人でも、包丁で手を切ることがあるんだな」

源河はそんな冗談を言いながら、水崎の手を消毒してくれた。

「ありがとうございます。僕はそそっかしいからしょっちゅうですよ」

彼の好意に恐縮しながら、水崎は小さくなった。

源河には世話になっているし、恩義を感じているが、触れられるのはやはり抵抗がある。

「忙しい仕事だからね、気をつけないとな。この手は君の資本だ」

「本当に、気をつけます」

「せっかく綺麗な手をしているのに、もったいないだろう？」

返答に困る返しをされて、水崎は愛想笑いをする。

きちんと消毒し薬を塗られ、包帯を巻かれたというのに、源河はいまだ、水崎の手を握ったままだ。じっとりとした熱を感じて、水崎は吐き気を堪えるのに必死になった。やはり桐谷以外に触れられるのは、どうしても無理のようだ。

「それにしても料理人の手というのは質がいいものだね」

他愛のない会話のなかで、彼がふと、そんな奇妙な呟きをした。

「僕の手は傷だらけですよ」

「そういうことじゃないよ。いつも色々な食材の脂に触れているせいかな」

源河がまるでひとりごとのように言って、水崎の手の甲をさらりと撫でたので、水崎はぞっとして、勢いよく手を引いた。

「あ、すみません」

口では何とか謝ったものの、水崎は嫌な動悸《どうき》が止まらなかった。

「いや、気にしないでいいよ。私もおかしなことを言った」

彼は笑う。

「ただ、つい、思ってしまうんだ。こんなに美味しいものを作れる手というのは、やはり美味しいものなんじゃないかってね」

なにげないその台詞に、水崎は戦慄《せんりつ》した。

『こんなに美味しいものを作って食べているあなたの肉は、さぞや美味しいのだろうね』

かつて、母の店で聞いた台詞が、鮮やかに耳に蘇《よみがえ》る。

「あのお客さん、あんなに若いのに社長さんなのよ、色々な事業をなさってて、おまけにあんなにハンサムなの」

その客が帰ったあと、水崎の母が彼に耳打ちしたことがある。

「あんなこと言って、私に気があるのかしら」

うきうきと頬を染める母に、子供の水崎は呆れてため息をついた。少女のような純粋さを残している母は可愛らしいが、年甲斐もなく、とも言いたくなるはしゃぎっぷりだ。

「母さんはあの人に気があるの？」

「結婚したいわね。お金持ちでハンサムだもの」

「そんな理由で？」

あら、大事なことよ。と彼女は唇を軽く尖らせた。

「お金があったら、もっとお店もお休みして、侑也と色々なところに旅行できるし、侑也に習い事させたり新しい服も沢山買えるわ」

母は料理を愛していた。けれどそれ以上に、息子を愛してくれていた。

「だから結婚してくれる人がいるならそうしたいわね」

夢見るように彼女が見ていた、ハンサムな客は、いつも火曜日にやってきていた。背が高く、目鼻立ちがくっきりとしていて、喋りかたが理屈っぽい。

その客の顔が、目の前の源河に重なった。

気味の悪い一致に気がついて、水崎はわけもわからずぞっとした。

「……はは、まさか。とにかく手当してくださってありがとうございます。助かりました」

一刻も早く彼から離れたくて、水崎は調理台のほうに後ずさった。源河はそんな彼をゆっくりと眺めて、その傍にある小鳩の肉に目をとめた。

「おや、鳩を扱うのかい」

「ええ……新しいメニューに加えようかと」

「いいね、いただけるかな」

「いえ、これは僕の血で汚れてしまったので」

「かまわないよ」

こともなげに、源河が頷く。

「料理人の血だ。どんな料理にもよく合うだろう」


その夜、いつものように閉店間際にやってきた桐谷は、水崎の顔が紙のように真っ白になっているのを見てぎょっとした。

「一体何があったんだ?」

心配そうに問いかける彼に、水崎は小さくかぶりを振った。

何でもない、と言いたかったけれど、桐谷の顔を見ると、先程までの恐怖が蘇ってきて、喉が張り付いて声がでなくなった。

桐谷が背中をさすってくれて、どうにか人心地つくと、水崎はようやく深く息を吐いた。

「……昔、母が殺されたころ、よく店に来ていた人が、うちにも来ていて」

「うん」

桐谷は辛抱《しんぼう》強く水崎の話を聞いてくれる。

「信じられないかもしれないけれど」

「うん」

「源河さんなんだ。かつて彼は母に、料理人の肉はおいしいだろうと冗談で言ったことがあって……冗談だろうけど、さっき僕にも同じ台詞を言ったから、思い出したんだ」

水崎はグラスのカップをぎゅっと握って、自分に言い聞かせるように繰り返した。

「でも、冗談だとしても、息子の僕の店にこんなに足繁く通ってくれるのって、本当に偶然なのかなって……源河さんに失礼なのはわかるけれど」

「……そうなのか」

桐谷はそれに同意も反論もせず、厳しい目で考え込んだ。彼もまた、源河にずいぶん世話になっているはずなのに、水崎の言葉を信じてくれているようだった。

水崎はそれに勇気づけられる。

「僕の旧姓は、小鳩っていうんだ。母の名前は小鳩三月。もしかしたら知っているかな？」

「小鳩三月……」

桐谷はその名前を数回反芻したあと、弾かれたように水崎を見た。

それで水崎は、彼がその事件のことをよく知っているのだと理解した。

「水崎、それ、気のせいじゃないかもしれない」

深刻な様子で、桐谷が彼の肩を掴む。

「その事件の犯人の鉈落には、共犯者がいたと言われているんだ」

「え……」

「鉈落は自分の店の、解体所まで被害者を連れていって殺害していた。だが被害者の中には鉈落とはあまり交流のない、用心深い人物もいた。彼が親しくしていた誰かが鉈落と一緒だったか、もしくはその誰かに脅されて車に乗り込んだとしたら、共犯がいることになる。それに鉈落は力はあるが小柄だった。足腰の強い料理人を一人で仕留めるのは難しそうだ。それに被害者はその……食用として狙われていたわけだが、いくら鉈落が大食漢でも、一人で食べるには多すぎる人数が狙われていた。逮捕時も調理中のようだったが、明らかに一人分ではない量が鍋の中に入っていた」

「……詳しいんだね」

「俺が事件記者時代の編集長が以前その事件を追っていたんだ。彼は鉈落が逮捕されたあともしばらく周辺を取材していた。現場に何十回と顔を出し、警察の担当幹部にも頻繁に夜回りをかけているうちに、共犯者の可能性に気づいたそうだ。結局は証拠不十分で、共犯者を燻り出すまでは至らず心残りだと、俺に何度もこぼしていた。彼は病気で亡くなってしまったんだが、最期まで、絶対に共犯者がいると俺に繰り返していた。彼の推理では共犯者は恐らく男。権力者で知り合いが多く、大胆ながら慎重で、被害者の顔見知りだと……源河さんはそれにあてはまる」

水崎は目を見開いた。

おおらかな源河の笑顔が、突然得体の知れないものになる。

足元からくずおれそうな感覚に襲われて、水崎は調理台に手をついて目元を押さえた。

「水崎、大丈夫か？」

桐谷が心配そうに水崎の体を支えて肩を撫でた。

「大丈夫、君は俺が守るよ。何とかするから」

桐谷の声は妙に深く、水崎は微かな不安とともに、何も言わずに目を閉じた。

「顧客リストを調べてみたら、確かに源河さんの名前があったわ。全てではないけれど、名刺を渡していないだけかもしれないし。当時の店員から話を聞ければいいんだけど」

ディナーの仕込み中のピジョノー店内で、大量の紙の束をはさんで桐谷と鶴岡が額をつきあわせている。

紙の束は、手書きのメモと、資料のコピーと新聞記事のスクラップのようだ。そのほとんどは当時の事件担当だった彼らの先輩記者のものだという。

「こちらのお店の人は客の名刺の裏に日付を書いていたわ。源河さんと鉈落は同日に来店したことはないみたいね。二人で一緒にいるところを見た人もいない」

鶴岡が指し示しているプリントには大量の名刺が並べられている画像がある。

「鉈落は狩猟免許を持っているな。銃の所持許可証もある。源河さんも免許を持っている。山中で二人が会っていた可能性もある。そちら関係もあたってみるか」

桐谷が見ているのは鉈落のプロフィールのようだった。速記で書かれたそれは水崎の目にはただひたすらよれた線が続いているだけのようにしか見えないので、予想だが。

水崎から源河の話を聞いたあと、桐谷はすぐに行動を起こした。水崎の目の前で鶴岡と連絡をとり、彼女に概要を説明した。

彼女の行動も早かった。即刻デスクに十五年前の事件について洗い直す許可をとりつけ、社内にある警察官の連絡リストを使い、事件に関わった刑事を探し当てた。

桐谷は、フリーとして新聞社と再契約をして、別ルートから当時の刑事や、事件の取材をした記者、鉈落逮捕のさいに事情聴取を受けたことのある人物をあたりはじめた。

水崎が事件の話をした数日後には、桐谷のもとにあらゆる資料が集まっており、水崎は記者のネットワークに驚くばかりだった。

「当時、近隣で人気のあったホステスとも連絡がつきそうだ。鉈落とは面識がないようだが源河さんのことはよく覚えているようだ。彼女に直接話を聞きに行こうと思っている」

きびきびと段どる桐谷は、水崎と一緒にいるときよりも随分厳しい顔をしている。

フードライターとして働いているときの雰囲気とも違う。鷹のように鋭く、大きな目を見ひらいて、大量の資料の中から少しのヒントも逃さないように集中している姿は、記者というよりも警察官じみた気迫があった。

「なあ、それはそうと、個人情報の保護とか、大丈夫なの？」

水崎は仕込み作業の手をいったん止めて、たまらず二人に問いかけた。

「大丈夫、警察の協力も得ている。他にリークしないという条件でコピーもとらせてもらっているよ。個人情報は全て社内の書庫に保管しているし」

それって大丈夫って言えることなの？　と水崎は思ったものの、法律に詳しいわけではないので、口に出すのはやめておいた。

「源河さんは銃落と同じように狩猟免許を持っている。全ての被害者の店にも顔を出していた可能性がある。にもかかわらず、事件当初の共犯容疑者リストには名前が登っていない。もしかしたら警察関係者や、証言をした連中に彼らの仲間がいるのかもしれない」

「当時源河さんを疑っていた警察官や記者が見つけられれば話が聞けそう。水崎さんも当時のことで何か思い出すことがあったら教えて」

「ええ……」

答えながらも、水崎は内心複雑だった。事件の真相に近づくには必要なことなのだと頭では理解しているが、感情がついていかない。

あの事件はいまだに水崎の人生に影を落としている。何年もフラッシュバックに苦しんできた。できれば思い出したくもない。口に出すのも相当な気力がいるのだ。思い出せたからといって軽く言えるものではない。

だからといって、言い出したのは自分だし、配慮しろと言うのもおかしな気がする。

浮かない顔で二人を見ている水崎に気づいたのか、桐谷が顔を上げ、大丈夫だよと微笑んだ。

「わかったことがあったら教えるから、水崎は気にせずに仕事してくれ。できるだけ俺も傍にいるし、来れない時は秋場さんが閉店までいてくれるそうだ」

「秋場さんにも言ったのか」

聞いてないぞと、水崎はむっとした。

「ごめん、許可をとってからが良かったかな。でも何度も説明するのは水崎も辛いだろう？」

それが彼なりの気遣いなのだとわかっていたが、止められなかった。

「勝手に人の過去を誰かにべらべら喋るなよ」

「すまない」

「秋場さんにはどちらにしろ説明しなければいけないでしょう？　水崎さんが言い出さないから桐谷が代わりに連絡しただけなのよ」

水崎の抗議に、鶴岡が反論した。

「鶴岡やめろ。俺が水崎に確認をとらなかなかったのが悪いんだ」

「でも桐谷はあなたのために働いているのに、水崎さんは感謝するどころか、自分の保身のことばかり口にしているじゃない」

「鶴岡いい加減にしろ。当然だろう？　水崎は命を狙われているかもしれないんだぞ？」

口を閉じない鶴岡に、桐谷が厳しい声を上げる。

「いや、ごめん……僕がもたもたしているのが悪かったんだ。鶴岡さんの言う通りだ」

鶴岡は黙ったものの、自分は悪くないとばかりにむっとした顔で資料を睨んで水崎を見ようとしなかった。相当腹に据えかねている様子だ。確かに水崎はここ数日彼らに小言しか口にしていないことに気づいて、申し訳なくなる。

「桐谷、気にしなくていい」

「いや、気をつけるよ……何か用意するから食べていってね」

かぶりをふって、水崎は足早に厨房に戻った。

慣れた自分のスペースに戻って仕事を続けながら、水崎は自分の狭量《きょうりょう》さを反省した。

あの事件を思い出すとき、水崎はいつも、傷ついて怯えている幼い一五歳の自分に戻ってしまう。神経質で疑い深く、孤独で怯えている子供に。

けれど辛い経験の精神的影響は、当事者にしか理解できないものだ。

だから、いくら昔辛い目に遭ったからといって、それを理由にぐだぐだと自分を優先しろと主張すれば、だいたいの人間は顔をしかめて、面倒な相手だと敬遠するだろう。

鶴岡の言うとおりだ。大人になれば、例え過去に何があったとしても、わがままはわがままでしかない。ただ卑屈で、自己中心的な人物として見られるだけだ。

わかっているのに、感情のコントロールができない。

ディナーの仕込み時間に合わせて二人が店を訪れてくれるのは、水崎が一人きりにならないように気遣ってくれているからだ。それはよくわかっている。

けれど、資料と睨み合っている二人を見ると、自分の事件なのに、仲間はずれにされたようで、本当は、それが一番堪えていた。

本音を言えば、桐谷には、事件には関わらずに警察に任せて欲しかった。ただ水崎の傍にいて抱きしめて、何も心配いらないと、それだけを囁いてキスして、気持ちのいいことを沢山してくれて、少しでも事件について忘れさせて欲しいだけ。

一人きりが平気なんて、そんなのは嘘だ。また大事なひとを失うのが怖いから、そう思い込もうとしていただけだ。一人きりは嫌いだ。寂しくて怖いのも。

だから一人きりにしないで欲しい。それだけなのに。きっと望みは叶えてもらえない。

「仕事のほうは大丈夫なの？」

閉店後の店に戻ってきた桐谷に、だから水崎は険のある調子になってしまった。

「グルメ記事の仕事もちゃんとやっているよ。今はちょうど大きな仕事が終わったところで余裕がある。それに一応、事件に関することもフリー契約で新聞社のほうからギャラをもらうことにしているから気にしないで大丈夫」

桐谷は水崎が収入のことを気にしているのかと思ったらしい。安心させるような笑顔を見せる。

「事件記者はもうやりたくなかったんじゃないの？」

「水崎が関わる事件だよ、どんなツテでも使うさ」

「俺のためにやっているってこと？」

不機嫌な水崎に、彼は困った様子で眉をひそめた。

「違う。自分のためだ」

桐谷はきっぱりと断言したのに、水崎はどうしても納得できなかった。

「僕は桐谷を巻き込むつもりで、こんな話を打ち明けたわけじゃない。ただ話を聞いて欲しかっただけだ」

「わかっているよ、だから俺が勝手にしていることだ。たまたま自分にできることがあったからしている。俺は警察関係には太いパイプを持っている。その上、あの事件当時、先輩記者が熱心に調べていたから社内には資料が豊富に残っている。十五年間逃げおおせている共犯者の人食い鬼を、捕まえるきっかけになるかもしれない」

「僕が感情的になりすぎているって言いたいのか？」

「そんなことは言っていないだろう？」

桐谷の声が低くなる。さすがにしつこく絡まれて気に障ったのだろう。

水崎もまた、自分がひどく理不尽で感情的になっている自覚があった。だからこそ、余計に口が止まらなかった。

「僕は桐谷に危険なことはして欲しくない。好きな料理の記事だけを書いていてほしい」

「君が危ない目にあうかもしれないのに、そんなに気楽にやってはいられないよ」

「グルメ記事はお遊びだっていうのか？　事件記者がそんなに良いもの？　人の不幸で食っているようなものじゃないか」

思わず口に出して、水崎ははっとする。桐谷は表情を消して水崎をじっと見ていた。

「料理の記事は軽い気持ちで書いているわけではないよ。でもやっぱり俺は事件記者としての自分を捨てられないんだろうな。他人の不幸を食い物に、というのは、確かにそうかもしれない。君もその被害者だからな、余計に思うだろう。事件記者なんて野蛮《やばん》な連中がするものだって」

「ごめん、そんなつもりじゃ……」

「確かに事件記者は真実を追求するために無茶をしすぎることがある。一日中事件を追いかけ、早く正確で詳細な事実を掴むことに夢中で、君が経験したように、関係者を傷つけることもある。けれどそれだけ必死でやっているんだ。自分の身と精神を削り、命がけといってもいい。少なくとも俺の知ってる記者は皆そうだ」

喋りすぎた、と思ったのか、桐谷がごまかすように肩を竦めた。

「俺も性分なんだろうな。じっとしていられない。水崎は嫌かもしれないけれど」

彼が寂しそうに小首をかしげる。

「嫌いになった?」

「そんなことは言ってない」

水崎は俯いた。

「でもやっぱり、やめて欲しい」

「ごめんね」

残酷なくらいに優しく、桐谷はそう言って、水崎の指にそっと触れた。

「昼に教えた元ホステスと、電話で少し話した。源河は会員制の美食クラブを結成していたらしい。彼女は源河と何度も同伴したが、そのクラブについては教えてもらえなかったそうだ。だが、その会員らしき人物には心当たりがあるという。彼女は今、実家の仙台で暮らしているそうだから、明日は現地に行って、直接彼女に話を聞こうと思っている」

「桐谷、僕を一人にしないで欲しい」

水崎が顔を上げると、桐谷は頬に唇をあてた。

「ごめん、せめて今週だけ。そのあとは情報を警察に流して、任せることにする。鶴岡のほうは……あいつは猪突猛進《ちょとつもうしん》だからな。一応言ってみるが納得しない限りは手を引かないだろうから、せめてサポートはつけさせるよ。それでいい？」

「嫌だ」

「水崎、お願いだよ。困らせないでくれ……君のことが心配なんだ」

「僕は桐谷にそばに居て欲しいだけなのに」

桐谷は眉を下げて、水崎の頬を何度も撫でてくる。まるで見えない涙を拭うように。

「でも真相を知って、安心できたほうがいいだろう？」

「真相なんて知らなくてもいい」

「水崎、頼むから」

懇願《こんがん》するような桐谷の呼びかけに、結局水崎はしぶしぶ頷いた。

桐谷は水崎の言いなりのようで、実際はちっとも言うことを聞いてくれない。

今週だけ、などとうそぶくけれど、桐谷は、源河の容疑が晴れるか、決定的な証拠を掴むまでは諦めないだろう。

多分、桐谷は鶴岡のようなタイプの人間といるほうが楽なのだろう。食事の趣味も合う。彼が同性愛者でなければ、彼らは付き合っていたかもしれない。

昼間に見た二人の姿はお似合いだった。そんなことを考えて、ますます気が重くなった。

「どこにも行かないで」


その夜、水崎は鳩の夢を視た。

鳩の水崎は初めて追われず、囚われることもなく、一羽でぽつんと床に蹲っていた。視線の先には桐谷がいた。彼は鳩の姿をした水崎には、興味どころか気づいてもいない様子で、歩き去ってゆくところだった。

水崎は後を追おうと翼を広げる。けれど飼い慣らされてぶくぶく肥えた体は重くて、持ち上がらず、居心地のいい巣穴に居座り続けて、萎えた足も役にたたなかった。ばたばたと無残に羽毛を散らすばかりの水崎から、桐谷はどんどん離れてゆく。引き止めたくて、水崎は必死で声を上げた。

僕を置いていかないで。

一人にしないで。

捨てるなら、せめて殺してからにして。

桐谷は振り返りもしなかった。

覚悟はしていたものの、それから何日も、桐谷が水崎の店に来ることはなかった。

出張に行く朝、桐谷はぐずる水崎を根気強くあやして何度もキスをして甘やかしてくれた。けれど、ドアを開けて外に出てしまえば一度も振り返らなかった。

一日に一度はスマートフォンに届くメッセージ。連絡はそれだけだ。多分、ある程度の結果が得られるまで、水崎の前には顔を出さない魂胆なのだろう。

閉店後の店内で、一人きりになった水崎は、今日はまだ来ていない桐谷のメッセージを待って、無反応のスマホの黒い画面を眺めつつ、ため息を吐いた。

このころの水崎はあまりにも鬱々《うつうつ》としているので、鶴岡にはまた腹を立てられてしまったし、秋場にも多少持て余されている気がする。

桐谷はひさしぶりの事件記者の仕事に、夢中になっているのだろうか。資料を前にしたときの、桐谷の異様な集中は、それが彼にとっての天職だからかもしれない。

事件記者が向いていないと辞めたのは、臆病風に吹かれてのことだと聞いた。水崎もまた、母のことで料理が恐ろしくなったことがあったが、結局今は料理人として生計をたてているので、桐谷も同じように、このまま古巣に戻るのかもしれない。

本音を言えば、戻って欲しくない。けれど本当に彼が戻りたいなら、応援したかった。

出会った当初、桐谷がまだ事件記者であったなら、今のような関係にはならなかっただろう。でも彼がふたたび記者に戻ったとしても、もはや水崎は彼を嫌いにはなれない。

多分それが、好きということなのだろうな。と、水崎は思った。

どんなにそれが嫌いでも、好きな人の大事なものなら、仕方がないと思えてしまう。

桐谷が事件記者に戻れば、会えない時間は増えるだろう。料理の話もあまりしなくなるかもしれない。それでも水崎は彼との関係を続けるための努力をするだろう。

桐谷のほうは、もしかしたら、水崎から離れてしまうかもしれないけれど……。

最後に会った日も、桐谷は結局何も食べずに眠ってしまった。遅い時間だったから気をつかったのかもしれないが、水崎は彼が望めば、どんな料理でも作れる用意があった。

源河のせいで、仕上げられなかった鳩の料理も、いくつものレシピを考えてあるのに。

もはや今の桐谷は、水崎の血に、あんなに夢中になることはないのかもしれない。

血で桐谷の執着を取り戻そうなんて考えている自分が、ひどく惨めだ。

考えてみれば、水崎と桐谷の接点は、料理とセックスだけだ。

熱病のように求めあった日々は水崎の中に濃密に染み付いている。けれど熱というものは、いつかは冷めてしまうものだ。

今は事件の興奮のただなかにいるであろう桐谷は、源河の件が終わってしまえば今度こそ、水崎への興味を失ってしまうかもしれない。

桐谷に、ひどいことも言ってしまったし。

メッセージすら、やがて一日おきになり、一週間おきになってゆくのかもしれない。

ぐるぐると深みにはまっていた水崎は、手の中のスマートフォンが急にけたたましく呼び出し音を上げたので、びっくりして取り落としてしまった。

「ああ……」

『水崎、どうした?』

画面に景気よくヒビが入ったショックが収まらないままボタンを押してしまい、画面の向こうの桐谷が心配そうな声を上げる。

「ごめん、何でもない。今、スマホ落としてヒビが入っちゃって」

『なんだ、良かった』

「良くないよ」

画面の向こうから、桐谷の明るい笑い声がして、水崎は思わず微笑んだ。彼の声ひとつで、ほっと力が抜けた自分に気がつく。

「どうしたの、急に電話なんて」

『ん。今、東京駅についたから。まだ起きていたら会いに行こうかなって思って』

「桐谷……」

桐谷の優しい物言いに、感極まって、水崎は涙ぐんでしまう。

『なに、何か辛いことでもあったのか?』

「いや、でも疲れているんだろう？　無理はしないでいいから。なんなら迎えに行くよ」

『いや、それはいいよ。まだ眠らないなら顔が見たいだけだから』

「夜食作って待ってる」

食い気味の水崎の返事に、桐谷がひっそり笑う。その温かい雰囲気に、水崎は目の奥がじんと痛んだ。どうやら彼がいない日々が、ずいぶん堪えているらしい。

『じゃあ、後で』

「うん」

そのまま切れたスマホを、桐谷はしばらく眺めていた。ヒビが入ったことなどもはやどうでも良かった。嬉しい。彼の声だ。

水崎は胸の奥からじわじわと滲むぬくもりを噛み締める。

声ひとつでこんなにも、水崎を幸福にしてくれる人がこの世にいるなんて。しかも彼は今のところはまだ、水崎のことを大事に思って心配してくれている。

できればその奇跡が、ずっと一生続いてくれたらいいのに。

「早く来ないかな……」

一度声を聞いてしまえば落ち着かなくなって、水崎はそわそわと時計を眺めた。時刻は日付を越えたところだ。終電にはまだ時間があるから、桐谷は電車で来るだろう。東京駅からここまで、電車だと乗り換えや徒歩での移動時間を考えると三十分弱はかかるが、車で行けば十分ちょっとの距離だ。終電間際の電車は混んでいるし、せっかくだから迎えに行こうかと立ち上がった。

最近は夜間の外出を控えていたが、店の前の短い路地を抜ければ大通りに出るし、さほど治安は悪くない。

たまには夜風にあたるのも、気分転換にいいだろう。

そんなことを考えて、水崎はコックコートを脱ぐといそいそと出かける準備をした。

店の照明を落として、裏の非常階段から出て桐谷に連絡をとろうとしたとき、店の下に、誰かがいることに気がついた。

通りは暗く、そこにいる人間の顔までは見えないが、水崎はぎくりとして固まった。背が高く、恰幅のいいスーツ姿らしきシルエットは、源河によく似ていたのだ。

水崎は息を詰めて店の中に戻ると、桐谷に電話をかけた。


『どうかした？』

さいわい彼とはすぐに繋がった。

「僕の見間違いかもしれないんだけれど」

ひそめた声で水崎は言った。

「外に源河さんに似た人が立っている」

『……ちゃんと鍵をかけて外には出ないように』

桐谷が硬い声で言う。

『警察にも連絡しておくからじっとしていて』

「いや、それは大げさだよ。僕の気のせいかもしれない」

桐谷の声があまりにも深刻なので、水崎はますます怖くなって、それを振り切ろうと反論した。

桐谷は、水崎の現実逃避を許さなかった。

『源河さんが、君が小鳩三月さんの息子と知って、店に来るようになったとしても?』

「……まさか」

『彼が君のお母さんの店に来るのはいつも火曜日だった。君の店に来るのもいつも火曜日。君の店の名前ピジョノーは小鳩の意味だろう? それに君は、お母さんに良く似ている』

「……」

冷静な調子で説明されて、水崎は絶句した。

『もちろん、たまたまかもしれない。源河さんが犯人だという確証だってない。でも、そうだという可能性は充分にあると俺は思う』

「でも」

『何かあってからじゃ遅いんだよ』

たしなめるように言われて、水崎は黙り込んだ。

『とにかく俺ももうすぐ到着するから、じっとしているんだ』

何度も念を押されて、水崎はしぶしぶ従った。

一人きりの厨房を、こんなに心細いと思ったことはなかった。

ここは、水崎にとって、絶対安全なシェルターだった。それが今は、人食いサメの群れの中に浮かぶ筏《いかだ》のように心もとない。

人は辛い記憶を忘れようとするものだとは、伯母にも、当時のカウンセラーにも言われた。確かに当時の記憶は不鮮明で、源河の顔だって、つい最近まで忘れていた。

だから急に様々なことを思い出す今が、怖くてたまらない。生きてゆくために必要でないから忘れたことを、急に思い出すのは必要にせまられたということではないか。

そんなわけはない、と否定したいのに、震えが止まらない。

時計の針の進みが、ひどく遅い。窓の少ない店内では、入り口のシャッターを閉めてしまうと、外の様子を窺う術はなくなってしまう。

店の前にいた人物が、今どこにいるのか、確認できない状況が、益々恐怖を煽った。

ただの見間違いかもしれない。彼は源河とは似ても似つかない別人で、ただ通りを歩いていて、ふと何かが気になって立ち止まっただけで、とっくに歩き去っているかもしれない。

けれど今、非常階段を、一段、一段上っているかもしれないのだ。

武器を持っているかもしれない。良く切れるナイフや、猟銃や、ロープを。

水崎はスマートフォンを握りしめた。桐谷の到着が遅い。もうあれから十分以上は経過している。画面に入ったヒビが手のひらに食い込んだが、力が抜けない。

かつん、と、外で音がして、水崎はびくりと身をすくませた。非常口のほうだ。

かつん、かつんと響く音は、重く、何かを確かめるようにゆっくりだ。

だが、確かに誰かが上ってきている。

桐谷だとしたら、どうして一気に駆け上がってこないのだろう。

水崎は、非常口に、簡素な鍵しかつけていないことを後悔した。トイレによくあるような作りの鍵は、ドアに体当たりすれば開いてしまうようなもろいものだった。

かつん、かつん、という音が、次第にカンカンとスペースを上げて、水崎は生きた心地もなくすくみ上がった。

「水崎！」

非常口から声がしてドアが叩かれる。

聞き慣れた声に、水崎は転がるように駆け出した。

「桐谷！」

ドアを開けると同時に、ずっと待ち望んでいた姿が現れる。安堵と歓喜のあまり、水崎は彼に飛びついた。

「うわっ」

予想していなかったのか、桐谷はたたらを踏みつつも、水崎のことを、しっかりと抱きとめてくれた。

「無事か、何もなかった？　怪我はしていない？」

「桐谷」

水崎はまともに答えることができずに、ただ彼の名前を呼ぶ。ぎゅうぎゅうに力任せに抱きついて、彼の匂いを吸い込むのに必死だ。

「水崎、苦しい」

その強さに、無事を確認したのか、桐谷は小さく笑って水崎の頭を撫でた。

「……遅いじゃないか」

やっと人心地ついて、水崎は恨みがましく訴える。

「ごめん、近くに交番があったのを思い出したから、直接寄って来たんだ」

「交番……？」

はっとして桐谷の背後を見ると、気まずそうな制服姿の警察官が立っていた。

「……そうだったんだ。どうも」

恥ずかしくなって、水崎は彼からそっと離れた。

「いちおう周囲を確認してみましたが、不審な人物はいないようでしたよ」

警察官は一つ咳払いをしてから、安心させる調子で水崎に告げた。

「でもこの周辺は死角が多いですからね、定期的にパトロールはしていますが、ひったくりも多くて。このビルもセキュリティ万全とは言えないですから、心配でしたら、別の場所で寝泊まりしたほうがいいかもしれません」

彼は親切にそんなことをアドバイスして、戻っていった。

「うちにおいで、水崎。心配だから」

不安そうに佇む水崎の手を、桐谷が握ってくる。

「うん」

水崎は素直にそれに従った。


「怖かったんだと思う」

タクシーを呼んで桐谷の部屋までたどり着いたあと、水崎は道中考えていたことを口にした。

「桐谷が出張する前に言い合いになっただろう?」

「あれは俺が悪かったよ。デリカシーがなかったと反省している」

桐谷は水崎をソファに落ち着かせ、ビールを渡しながら言った。

「違う。あれは僕が怖かったから、桐谷に八つ当たりしたんだ」

ビールで喉を湿らせてから、水崎は息を吐いた。

「母さんが殺されて、食べられたことを知ってから、ずっと僕も、誰かに殺されて食べられてしまうんじゃないかと怖かった。立ち直るために、僕は、あれは夢だと思い込もうとしていたんだと思う」

「水崎」

桐谷が隣に腰掛けてきて、水崎の肩を抱く。

水崎は彼にもたれかかって、目を伏せた。

「だから桐谷や鶴岡さんが、僕のことを心配したり、事件を掘り返すのを見て、あれは現実にあったことだと目の前につきつけられた気がした。昔の恐怖が甦るのが嫌で、あんな子供っぽい反抗をしてしまった。いくら否定したって、事実は変わらないのに」

「怖がらせてすまなかった」

水崎はかぶりをふる。

「恐怖から目を逸らしても、問題が解決しなければどうにもならない。わかっているのに、僕は本当に子供みたいだ」

「そんなに辛い目にあったら当然だ。俺たちが配慮に欠けていたんだ。水崎に詰め寄られて、つい言い返してしまったが、それは君の言ったことが図星だったからだ。間違ってないよ」

「僕は桐谷が好きだよ」

唐突に告白すると、桐谷は目をぱちぱちとしばたかせた。

脈略ない台詞に戸惑っている様子に、水崎は微笑む。

「ここ数日、会えなくて寂しかった。桐谷は事件に夢中だったかもしれないけど。僕は寂しくて、ずっと不安だった。あなたの声が聞きたかった」

「悪かったって」

困ったように謝罪を繰り返す彼に、安心して体から力を抜いた。

桐谷は、水崎の体を抱きしめてくれている。きっと眠るまで、そうしていてくれるつもりなのだろう。

恐怖でこわばっていた体が、桐谷の体温で解けてゆく。

ずっとこうしていたいな、と水崎は思った。


「そんなに心配しなくても大丈夫だよ」

開店まで一緒にいると言い張る桐谷に、水崎は苦笑した。

出張帰りで疲れているだろうに、早起きをして市場まで車を出してくれたし、食材を運ぶのも手伝ってくれた。

「だが昨日の今日で一人にするのは心配だ」

「もう明るいだろう？　近所の店も開いてきているし人通りもある。こんな時間に向こうだって襲ってきたりしないよ」

水崎は軽く腕を広げて周囲を見渡した。

夜は暗くて寂しい周辺だが、朝は明るくて活気がある。

昨夜は取り乱してしまったこともあり、こんなに明るい時間に、ボディガードよろしくひっつかれるのは、なんとなくきまりが悪い。

「桐谷、疲れているんだろう？　目がしょぼしょぼだ。無理して事故を起こさないか心配だ」

「……ランチが終わったら、一度顔を出すよ」

水崎の指摘の通り、眠いのか、桐谷もそれ以上は粘ってこなかった。目元の濃い隈から察するに、昨夜は眠らずにずっと水崎の眠りを守ってくれていたのだろう。

申し訳ないと思うのに、嬉しかった。

「ゆっくり寝て元気になってからでいいから」

「三時くらいに戻ってくる」

頑固に主張してから、桐谷は小さなあくびをひとつして、車に戻っていった。

軽く手を上げて見送ると、水崎は店の階段を駆け上がった。

昨日までの鬱々とした気分は消えていた。自分のなかでわだかまっていたものがはっきりしたせいかもしれない。不安はあるが、前向きな気分だ。

源河が店に来るのは怖かったが、客はいつも途切れず来るし、人前で大胆な行動に出るとは思わない。

それに彼が水崎を狙っているという確証があるわけではないのだ。

思い込みで失礼を働かないよう、気をつけようと心がける。

今日は新鮮な魚が安く手に入ったから、クール・ブイヨンで煮込んでおこう。そういえば、火に飛び込む兎には反対だが、川かますなら生きたまま、スープで煮込むのも美味しいのだっけ。秋場が来たら教えてあげよう。

そんなことを考えながら、厨房で魚を捌いていると、急にフロアのほうから音がした。

ぎくりとして動きを止める。聞き違いか、それともテーブルに置いた野菜が落ちたのか。

けれどさきほどのは、手洗いのドアが開いた音にとても似ていた。

水崎は、非常口のドアの鍵が、強く押すと簡単に開いてしまうことを、再度思い出した。

緊張で硬直しながら、ぎこちなく振り返った水崎は、厨房の入り口に二人の男が立っているのを見た。

「……！」

悲鳴もろくに上げられなかった。一人は源河だった。もう一人の男は手に鈍く光る包丁を握っていた。


見かけは細いが、水崎は決して非力というわけではなかった。

三十キロのじゃがいもの袋を抱えて階段を駆け上がることもできるし、毎日パンをこねているのでそれなりに筋肉質だ。

だが恐怖にすくんだ体は、弱々しい抵抗をするのがせいぜいで、水崎はあっさりと二人に押さえ込まれてしまった。

「あまり暴れないでくれ。ストレスで肉がまずくなる」

水崎の肩を拘束《こうそく》しながら、源河が妙に甘ったるい声で囁いてくる。

「すまないな、こいつがどうしてもって聞かないものだから」

水崎の両手を縄でしばっているもうひとりの男が言う。その声で、水崎は、彼が源河に連れられて行った店の主人だと気がついた。

「心配しなくても、そんなに苦しむことはないよ」

優しそう、と表現してもいいような調子で、源河が水崎に微笑みかける。

悪夢でも視ているような気分だ。

背中に包丁をつきつけられながら、水崎は非常口から外に出た。

夏が戻ってきたかのように良い天気なのに、水崎は暑さも寒さも感じなかった。体の芯が麻痺しているようだ。生き物は死を悟ると痛みを感じにくくなると言うが、それだろうか、などとよそごとを考えている。

鋭い刃先は、正確に水崎の脊髄を狙っている。逃げようとすればすぐに動きを封じられるのだろう。有名な料理人だと聞いた男は、老いてなお、僅かたりとも刃先が狂う様子はなかった。

二人の男に脅されて、水崎は階段を、一歩一歩、下りてゆく。

こんなことになるのなら、さっさと桐谷に食われてしまっておけばよかった。

ふと思い浮かんだことに、水崎は驚いて、同時に納得した。

彼の綺麗な指で首を絞められて、息を止めて死ねるなら、それは幸福に違いない。死んだ肉は、桐谷は大事に食べてくれるだろう。

殺されるのは怖いが一瞬だ。うまくやってくれれば、そんなに苦しまずにゆける。

桐谷への愛情がたくさん詰まったまま、痛みも苦しみももはや感じない、ただの肉片になって桐谷の体の栄養になれるなら、きっと幸福だ。

そうすれば、もう二度と、置いてゆかれることも、一人きりになることもない。

どうやら自分には、愛される人に食べられたいという願望が、ずっとあったようだ。繰り返し視る鳩の夢は、きっとそのあらわれだ。

路地の路肩に、白いライトバンが停められていた。料理屋が食材を運ぶのによく使われる、後部の窓が白い鉄板でふさがれているものだ。

運転席にも一人、仲間らしき男がいる。後部座席に詰め込まれれば、外から見えないだろう。あれに乗ったら終わりだな、と水崎は思った。

わがままを言って、桐谷を帰さなければ良かったかもしれない。

いや、桐谷が巻き込まれずにすんで、良かったのだ。

ああ、でも、もう一度くらい、彼に会いたかった。

そんなことを考えて、静かに諦めていると、急に大通りから車が路地に飛び込んできた。一方通行を逆走してくるそれは、目の前のライトバンに、ブレーキひとつかけずに突っ込んでいった。

追突の衝撃でガラスが砕け、大きな破壊音があたりに響く。

一体何が起こったのか。水崎だけではなく、源河たちも呆然と立ちつくした。そんな中、派手に壊れたライトバンとは対照的に、あんがい無傷なその追突車から、ふらふらと出てきたのは愛しい男の姿だった。

「桐谷！」

思わず叫んで、逃げろと口にしたが、彼はじっと源河たちを睨みつけて動かない。そのうちに、大きな音を聞きつけた人々が何事かと、路地に流れ込んできた。水崎ははっとして、源河たちの手をふりほどき、桐谷をめざして階段を駆け下りた。

「無事だったか？」

自分のほうが無事でなさそうなのに、飛び込んでくる水崎を抱きとめた桐谷が言う。

「無事だった」

おうむ返しにして、源河たちを振り返る。彼らは諦めたのか、その場に立ったまま、逃げた鹿を見送るように、水崎を見下ろしていた。


ほどなく警察がやってきて、源河たちは連行されていった。

桐谷は水崎と別れたあとも、ピジョノーの近くで張り込んでいたらしい。彼の集めた情報を共用していた警察も、協力してくれていたそうだ。

あれだけ気に入っていた車が傷だらけになってしまったのに、桐谷は少しもそれに気を払わず、ただ水崎を抱きしめて、無事で良かったと繰り返した。

桐谷に、苦しいくらいに抱きしめられながら、水崎は母の語った鳩の話を、ぼんやりと思い返していた。

料理人の手に、安心して身を任せたという、あの、幸福な鳩のことを。

彼らは自分の運命を、おそらく何も知らないまま死んだのだろう。
誰に食べられたいかわかっている水崎は、あの鳩たちよりも幸福だ。
今この瞬間に息の根を止められて、桐谷の血肉になれるなら。

源河たちは、水崎の誘拐について、しらを切ってとぼけようとした。けれど源河たちの狩猟小屋に併設された熟成庫から、人間のものと見られる年代物の骨が発見された。菌床にされていたそれは、十五年以上もの間、見つからなかった水崎の母のものだった。

それが特定されると、源河たちはぽつぽつと自白を始め、十数年ぶりに料理人連続殺人事件の真相が明らかになった。ただし、彼らが開催していたと噂されている会員制の美食クラブについては固く口を閉ざしているという。

一応は事件の解決が見えたあと、水崎はしばらく店を閉めることにした。客は離れていくかもしれないが、どうしても物思いに囚われて料理に集中できそうにないので、休むことにしたのだ。秋場も、それもいいかもしれないと賛成してくれた。

シャッターを下ろして張り紙を出すと、やけにほっとしたような、空虚な気持ちに満たされた。長期の休みは久しぶりだ。一度目は、接触嫌悪のせいで店をやめた時だった。あのときは水崎自身、料理への情熱を失っていなかったし、幸運にも目をかけてくれたひとがいて、比較的早く復活できた。

では今はどうだろう。水崎は未来を想像してみたけれど、上手く像を結べなかった。

休暇のあいだ、水崎は桐谷の家で暮らすことになった。

引きこもってぼんやりしている水崎を、桐谷は甲斐甲斐しく世話を焼いてくれる。

自分では何も食べようとしない水崎のために、毎日料理を用意してくれる。不器用な手作りのときもあるし、スーパーの惣菜や、コンビニの冷凍食品のこともある。

水崎は、彼の用意してくれた料理なら、何でも残さず食べた。どんなものでも、桐谷が用意してくれたものだと思うと、不思議と食欲が出るのだ。

水崎が食べ始めるのを確認してから、桐谷は自分の食事に手をつける。食べる彼の所作は、相変わらず綺麗だ。

水崎の様子を窺いながら、合間に箸を使って、すばやく料理を口に運ぶ。それをゆっくりと味わって、嚥下するとき喉仏が上下する。一連の動作に見惚れながら食事をすると、いつのまにか皿の上が空になる。よく食べたねと、桐谷が褒めて、頭を撫でてくる。水崎は子どもに還った気分で、微笑んで彼に寄り添った。

空調の効いた部屋は適温で、すりガラスから入る光はやわらかく、まるで永遠の春のなかにいるようだ。

夜もいつも、桐谷が寝かしつけてくれる。まるっきり子守みたいだと水崎は思う。毎日水崎の世話を焼いている桐谷は、次第に疲れた影をまとうようになった。亡霊みたいに部屋にうずくまっている人間がいたら、仕事だって身が入らないだろう。迷惑をかけているのを承知で、水崎は彼に甘えていた。桐谷だけではない。秋場も、鶴岡さえも心配しているのを知っている。でも今だけはと、水崎はそれから目を逸らしていた。そうやって一生分のわがままを使い果たしてしまうつもりでいた。

ソファに横たわりながら、傍でキーボードを打っている桐谷の指を眺めていると、ふと思い出される話があった。

『春は馬車に乗って』という、横山利一の小説だ。

肺を病んで寝たきりの妻が、わがままを言って夫を困らせる。

食欲のない妻が唯一食べたがるのは鳥の臓物だった。

夫が臓物を宝石に例えて妻に説明する場面が水崎は好きだった。確か鳩の臓物は曲玉《まがたま》だった。それを思い出すと、久々に料理がしたくなった。

桐谷が新鮮な鳩やアヒルを手に入れるのは難しいだろうから、水崎が手に入れる必要があった。もちろん使うなら、よく太らせたガチョウの肝は外せない。

あの話の主人公である夫は、もう助からない妻にすっかり疲れはてて自分も死をのぞむけれど、水崎は桐谷に長生きして欲しいから、そろそろ潮時だった。

久しぶりに料理がしたくて、食材を頼んだから、店に引取りに行って欲しい。

そう桐谷に言えば、彼は喜んで出ていった。

「綺麗な果物があったからついでに買ってきたよ。近所のパン屋も、肉屋のおじさんも水崎が元気か聞いてきたからおすすめのバゲットと豚肉も買った。魚屋にも寄ったよ」

二時間後、桐谷は鼻を赤くして、両手いっぱいに食材を抱えて戻ってきた。彼はピジョノーの近くにある商店街をひととおりまわってきたようだ。おそらく常連客の店で買うことで、水崎に良い影響があると踏んでのことなのだろう。

「野菜も新鮮なのを選んでもらったよ。これとか、すごく形のいいじゃがいもだろう？」

急いでまわったのか、水崎の傍に来た桐谷のコートは冷たいのに、額は汗ばんでいた。

「楽しみだな。豚肉は今日使おう。マーマレードのソースをかけて、金色のぴかぴかにするんだ。ポテトは綺麗な形だけど、ピュレにしたいな。丁寧に濾《こ》して、泡立てたミルクとバターをたっぷり使ったら、とろけるような舌触りになる」

「おいしそうだな。店で引き取ったのは何？」

「フォアグラだよ。あと鳩。今日は仕込みとスープをとるだけで明日のお楽しみだ、小鳩の一羽は腹にフォアグラとクリームと野菜たっぷりのファルスを仕込んで蒸し焼きにしよう。残りはシンプルにローストして、血やレバーを使ったソースをかけて野菜と一緒にサラダ仕立てにする」

「ごちそうじゃないか」

説明する水崎に、桐谷は嬉しそうだ。元気になってきたと思っているのだろう。

水崎は彼に合わせて笑顔を作った。あまり手のこんだものは作れないけれど、とっておきの隠し味を用意しているから、気に入ってくれるといい。

その夜は、疲れている桐谷のために元気の出そうなメニューにした。

ワインはフルーティな若い赤を開けて、テーブルに花を飾り、キャンドルもセッティン
グした。

「クリスマスの夜みたいだ」

桐谷は機嫌良くにこにことして、水崎の久しぶりの料理を何度も美味しいと褒めながら、
一くち一くち丁寧に食べてくれた。

水崎は銀のカトラリーを握る彼の指に、ぼうっと見とれて、ソースに濡れる彼の唇に欲
情した。

「セックスしたい」

食事中に、唐突に言えば、彼は喉を詰まらせそうになって咳き込んだ。

「ごめん」

水崎は肩を竦めて苦笑した。

「俺もしたいのはやまやまなんだが」

咳払いして、桐谷が真面目に言う。

「実は締切が明日なんだ」

「買い物なんてしている場合じゃなかったんじゃないか」

「まあ、そうなんだけど」

困った様子で首をかしげてみせる。

「水崎の料理が食べたかったから。大丈夫、今晩中に終わらせるよ」

「……断っても良かったのに」

不本意そうに言いながらも、内心喜んでいる自分を、酷いやつだと思っている。

でも明日で終わりだ。


一晩中ラップトップを睨んでいた桐谷は、明け方に倒れ込むようにベッドに入ってきた。そのまま電池が切れたように眠りにつくと昼を過ぎても起きてこなかった。

水崎は彼を起こさないように忍び足で寝室を抜け出すと、静かなキッチンに立った。

メインは赤身の鳩だから、パスタはクリーミーに仕上げよう。味のよく絡むタリアテッレに、妖艶《ようえん》な香りのトリュフを合わせて。

前菜はどうしよう。昨日使いきれなかった牡蠣《かき》をチーズと焼いてみようか。

ワインは最初の一杯はさわやかなシャルドネ種、メインと合わせるのはブルゴーニュ産の、肉付きのいい赤がいい。

考えながら、水崎の頭を占めているのは、メインに使うソースだ。ガチョウ油でガラを炒めて、昨夜のうちに煮出しておいたスープに、小鳩の血とソテした肝臓を加えてミキサーにかけて濾しておく。それをヘイゼルナッツのピュレと合わせるまえに、少し分量を変えて試作を作っておこうと、水崎はナイフを手にとると、ためらいなく自分の腕を切りつけた。

「何をやっているんだ?」

同時に声をかけられて、腕を強く引かれる。

驚いて振り返ると、寝癖も無精髭《ぶしょうひげ》もそのままの桐谷が、怖い顔で水崎を見ている。

「わざと切っただろう?」

「そうだよ」

見つかってしまったのに、不思議と水崎は落ち着いていた。

「桐谷は俺の血の入ったソースを、一番喜んでくれたじゃないか」

「あれは……知らなかったからだよ」

理解しがたいことを言い出す水崎に、桐谷は困惑して眉をひそめた。

「それも知っているよ。桐谷はあんがい常識人だから、人の血が入っているなんて聞いたら口を付けないだろう？　でも後から、ソースの正体を知っても怒らなかった」

水崎は腕を流れる自分の血を眺めながら続ける。

「だから、あんなにあのソースを食べたがっていたから、また作ってあげようと思って」

「食べたくないよ」

「食べてくれないと困る。きっと気に入ってもらえると思うから。まだ沢山あるし」

「沢山、何が？」

「ここに沢山」

両手を広げて自分の体をしめすと、桐谷は絶句して息を呑んだ。

「人の捌き方はちょっと面倒だけれど、だいたいは鹿と同じだから、きっと桐谷なら上手くやってくれる」

「……食べないよ」

しばらくして、やっと言葉を思い出した様子で桐谷がかぶりを振った。

「どうしてそんなバカなことを考えたんだ。俺を源河みたいな人殺しにしたいのか？」

「桐谷は源河さんとは違うよ。何たって、食材みずからが食べられたがって、選んだ相手だ。自分から望んで食べて欲しがる肉なんて、そう手に入らない」

「やめろよ」

桐谷は困惑を通り越して怒った調子で繰り返す。

「君はいま、正気じゃないみたいだ。少し休んで病院に行こう」

「今の僕が正気じゃないのなら、もうずっと前から狂っていたことになる」

水崎は彼の説得に耳を貸さなかった。

「桐谷は、僕とのセックスのとき、興奮して自分を抑えられなくなると言っただろう？　あれって僕の体液のせいじゃないかって思っている。僕の母さんの血肉も。だから他の人とは違う、特別な方法で殺されて、食べられたんだ。首を絞められて血を肉に残して」

「水崎」

「鳩の夢を視るんだ。鳩になって、何度も殺される夢を視る。でも、いつも食べられる前に終わってしまう。僕はそれが悲しかった。ちゃんと食べて欲しかった。ずっとそうだ。僕はずっと、誰かに食べて欲しかった。やっとそれがわかったんだ」

「水崎！」

喋るごとに興奮してゆく水崎に、桐谷は強く呼びかけて、彼の肩を乱暴に揺すった。

「食べるわけがない。食べたら水崎がいなくなってしまうだろう？」

「それでかまわない。桐谷に食べられたら僕はもう寂しくなくなる」

「俺はどうなるんだ。寂しいじゃないか。ひとりぼっちだ。水崎は俺を置いていくのか？」

悲しそうな桐谷の顔に、胸が痛んだけれど、水崎はかぶりをふった。

「桐谷はうまくやっていけるよ。だって何でもできる。どこででも生きてゆける。でも僕は、もうこれしか、あなたを喜ばせるような料理が思いつかないから」

「なんでそんなことを思うんだ？　水崎の料理はいつも美味しいのに」

「でも桐谷は、僕の料理を食べているときよりも他の店の料理を食べているときのほうが嬉しそうにしていた。もう僕の料理に飽きたんだろう？」

「あれは物珍しかっただけだよ。人間は雑食だから、ときどき食事に新しいずれを求める。食物《しょくもつ》新奇性《しんきせい》嗜好ってやつだ」

　桐谷は深くため息をついた。

「それに、楽しかったのは水崎と一緒のテーブルで料理を食べていたからだ。好きな人とデートしてたら、普通の男ならはしゃぐものだ」

「デート？」

　あれがデートだなんて思っていなかった水崎は、びっくりして口ごもった。

　勢いが弱くなった水崎の様子に、桐谷は口調を和らげる。

「珍しい料理は食べてみたいが、毎日食べたいとは思わない。水崎の料理はいつも美味しい。勉強熱心な君はいつも新しいレシピを見つけるから飽きることもない。全然違う」

「でも、桐谷は、俺のことを、美味しそうだって言うじゃないか。僕の料理よりも、僕の体のほうが好きみたいに」

「デリカシーのないことを言ってしまったかって思ったんだ」

「水崎の過去にそんなことがあったなんて知らなかったんだ。デリカシーのないことを言った。君は料理人だから、美味しそうだと言われたら喜ぶんじゃないかって思ったんだ」

失礼なことを言うかもしれないけれど、と桐谷は前置きをする。

「実際はおいしくないよ。汗は塩っぽいだけだし、耳の中は苦い。唾液には何の味もしないし、精液はえぐい味だ。別に本当に美味しいわけじゃない」

「……そうなんだ」

知らなかった、と素直に言った水崎に、桐谷は笑った。

「君のそういう純粋なところ、本当に好きだよ」

水崎は、自分の勘違いに赤面した。

「……でも、桐谷に美味しいって言われて、嬉しかった。怖かったのは最初だけ。本当に食べて欲しいって思うくらいに嬉しかった」

「食欲と性欲は似ているって言うからね。ちょっと勘違いしてしまったんだろう」

桐谷はそれ以上は笑わずに、水崎の腕をそっと撫でて、血を止めよう、と言った。

水崎もそれ以上は抵抗しなかった。

「でも、ちょっとは食べたいって思ったことはあるだろ?」

腕の治療を受けながら、未練がましく問いかける水崎に、桐谷は呆れた様子だった。

「どうしてそんなに食べられたがるんだ。ちゃんと生きろ」

「でも最近それればかり考えていたから、これから桐谷とどうやって付き合えばいいのか」

「普通にしていたらいいだろう。いつもみたいに」

怒った様子で、桐谷は水崎の頭を軽くはたいた。

「君はかなり、けっこうな馬鹿だ」

「なんでだよ」

子供にするような扱いに、水崎はむっとして抗議する。

「料理以外のことにも頭を使えよ。俺に食べられたいなんて、何故そんなことを考えたのか」

「桐谷にはわかっているっていうのか?」

「推測だけどね」

「なんだよ」

じっと睨むと、桐谷はふいに目元を赤くした。

「つまり、食欲と性欲を取り違えたんだ。つまり、君は俺に、どろどろになるまで抱かれたいって思っている、ってことだろう?」

「……そうなのか」

水崎もつられて顔を赤くした。そうなのかもしれない。だったら、ずいぶん恥ずかしいことをしてしまった。

「俺は、君に対して感じるのは性欲だけじゃないけど」

「やっぱり食べ……」

「君の中には性欲と食欲しかないのか?」

ぴしゃりと言われて黙り込む。

「僕はこういうことには不慣れなんだ」

「言われなくてもわかっているよ……ああ、仕方ないなあ」

桐谷はそう吐き捨てると、水崎の顎を乱暴に掴んで、唇を甘く噛んだ。

「料理で一番大事なのは愛だと言ったのは水崎だ。俺はその愛を食べに君の店にかよっていた。君の料理が君の愛なら、俺の体はとっくに君でいっぱいだ。だから水崎は手も足も、何ひとつ欠けなくても、とっくに俺を手に入れている」

ワンブレスで告げたあと、桐谷は照れ隠しなのか、眉間に皺を寄せた。

「それは知らなかった」

水崎は、叫び出したいような感情に襲われて、ぶるりと震えた。

「でもいつか減ってしまうんじゃないの?」

「水崎は本当に疑り深い。おまけにわからずやの料理バカだ。こんなに愛おしく思っていなければ、とっくに見限っているよ」

桐谷は拗ねた様子で俯いている。首筋まで赤くなっていた。

「どうしても食べて欲しいっていうなら、君がもてあましているらしい、俺への愛情だけ貰っていこう。セックスは小さな死だというし、君も満足するだろう」

「なあ、僕を体目当ての男みたいに言わないでくれ」

水崎は桐谷に抗議した。間近で見る桐谷の目は、吸い込まれそうに綺麗だ。

これがまるごと、自分のものだと、桐谷は言ってくれている。

どうしよう、と水崎はうろたえた。どう言えば、桐谷の気持ちに応えられるだろう。

「そうだ。セックスしよう。昨日お預けだったから」

「言っていることが矛盾しているな?」

意地悪そうに言いながらも、やぶさかではないらしく、桐谷は水崎を軽々と抱き上げて、寝室へと連れていってくれた。

久しぶりに、互いの服を脱がせあうと、妙にぎこちなくて、二人は目を逸らしあった。

やりまくっていた時には明るいキッチンでも大股を広げて、あられもない声を上げていたのに、ボタンを外すだけでどきどきするなんて、おかしな感じだな、と水崎は思う。

「体のほうは具合が悪いところとか、ない？」

「ないよ、どこも悪くない」

「良かった」

桐谷は本当に、ほっとしたという様子で、水崎を抱き寄せて、目元にキスをした。寝室の、ささやかな照明に照らされた、桐谷の頬にかかる影が濃い。彼のほうこそ、やつれたみたいだ。

「ごめん、桐谷」

「ん？　なにが」

「僕、わざと桐谷を心配させるようなことをした。わがまま言って困らせていた」

「甘えたかったんだろう？　気が弱っていたらそんなこともある」

桐谷はお見通しだったようだ。

「俺は、好きで君に付きあってたんだ。気にすることはない」

「桐谷に食べてもらうつもりでいたから、最後くらい好きにしようと思って」

「残念だったね、人生は続くみたいだ」

彼はもはや面白がっているようだった。あまり年齢は変わらないのに、その余裕が悔しくて、水崎は彼の腕から抜け出した。

「桐谷の舐めるから下まで脱いで」

「……シャワー浴びてないからやめたほうが」

「いいから」

水崎は四つん這いで頭を下げて、桐谷のボトムスに手をかけた。室内用のルーズなそれは、引っ張ると簡単にずり落ちる。桐谷が情けなさそうに眉を下げた。彼のそこは、まだおとなしく、黒い下生えのなかにたらりと眠っている。

水崎はそれを捧げ持ち、舌を伸ばした。

口に含むと、鼻の奥から、強い彼の匂いが通り抜ける。味覚からは、寝汗らしき塩気も感じる。

無防備な男の、休日のにおいだ。決して芳香ではないはずなのに、水崎は興奮して、そこで息を思い切り吸い込んだ。

「無理はしないでいいからな」

びくりと腰を引いて、戦々恐々といったふうに桐谷が声をかける。

「無理はしてない」

そこを咥えたまま、くぐもった声で答えた水崎は、歯を立てないように気をつけながら、頭を上下して彼のそこに愛撫を施した。

裏筋を舐め上げてくびれを刺激し、尖らせた舌先で先端をくじる。

桐谷がいつもやってくれるのを思い出しながら頑張っていると、桐谷のそこが、次第に頭をもたげて伸び上がってくる。素直なその成長が愛おしく思えて、両手で幹を支えると、褒めるように先端に何度もキスをした。

それから大きく口を開けて喉の奥までそれを迎え入れる。ぷっくりと腫れた性器の先で上顎を擦ると、思いがけなく気持ちが良かった。舌先で、その弾力を楽しみながら、水崎は無心でそれを口の中に擦り付けた。

「水崎、もういいから」

それなのに桐谷のほうは焦れた様子で水崎の両脇に手を差し込むと、ひょいと膝の上に乗せてしまった。

「まだしていたかったのに」

桐谷は不満そうな水崎の唇に軽く自分のそれを押し当てた。

「すごく気持ち良かったよ、ありがとう。でも、俺はしてもらうより奉仕するほうが好きだ」

君の体も触らせて、と彼が水崎の胸の先端をつまむ。

毎回触れられているせいで、色が濃くなってすぐにぴんと立ち上がってくるそこは、久しぶりの桐谷の指に、すぐに痺れるような刺激を走らせる。

「あっ、うん」

もじもじと腰をよじらせて、水崎は甘立ちしている自身に手を伸ばした。握り込むと、じん、と痺れるような快感が、彼の思考を甘くとろけさせる。

「自分でやるの？」

水崎の自慰に気づいた桐谷が、面白がるように目を輝かせた。

「ん、だって久しぶりだから」

「我慢ができない？」

素直に頷くと、彼は水崎をシーツの上に下ろして、うつぶせに寝かせた。

「こちらも待っているんじゃないかな」

「んっ」

後ろの穴を軽くノックされて、水崎は反射的に尻を高く上げた。

「発情期の猫みたいだ」

桐谷は嬉しそうだ。すみやかに水崎の腹の下にクッションを差し込んだ。

「自分で触っていてもいいよ」

「……待つ」

彼が水崎の穴に人差し指を引っ掛けるから、水崎はすぐにそこでの快感を思い出して、窄《すぼ》まりをひくつかせた。

「可愛い穴」

「あっ」

ふうっと、息を吹きかけられて、水崎は待ちきれないとばかりに尻を振る。

「ふふ。水崎もダンスを習ったらいい」

「秋場さんに？」

「ベッドの中で他の男の名前を呼ぶなんて！」

「桐谷が振ったんだろ？　っ、つめた！」

「おしおきだ」

桐谷はベットサイドのテーブルからローションを取り出すと、おもむろに水崎の双丘にとろりと垂らした。

冷たいぬめりが、双丘の隙間から会陰へと流れてきて、水崎はぶるぶると腰を震わせる。それを宥めるように何度か腰を撫でてから、桐谷は小指をつぷりと水崎の中に入れてきた。かぎ型に指を曲げて、水崎の浅い場所を引っ掛けて上に持ち上げる。

「ふ、うん」

もどかしい刺激に、水崎は焦れて腰を高く上げる。

「急かすなよ」

興奮しているのか、桐谷の声が掠れて、性急に指が増やされる。

「んあっ」

彼の指が、水崎の内側の良い場所を擦りながら、会陰をぐっと押し上げた。

失禁しそうな鋭い刺激に、水崎は背中を弓なりにして、最初の軽い絶頂を味わった。

「久しぶりだから敏感になっているのかな」

「わかんな、あっ、あっ」

指の動きが激しくなって、水崎は大きく口を開けて、シーツを握りしめる。

「もうちょっと足すよ」

「つめた、あっあ」

後ろの穴に、直接ローションが流れ込んできて、その冷たさに、一瞬驚いたものの、すぐに熱でどろどろに溶けて溢れてゆく。桐谷がそれをすくい取るように塗り広げて、じゅぶじゅぶと恥ずかしい音を立てる。

「ね、もう挿れて。もう入るだろ？」

「どうかな？」

もったいぶった口調とうらはらに、彼は指を抜くと自分の先端を、ぴたりとあてがった。

水崎は短く呼吸しながら、いきんで足をひらき、彼を迎え入れる。

亀頭がぬっと入ってくると、あとはずるりと滑るように奥まで満たされる。

「ああ……吸い込まれそうだ」

粘膜に包み込まれる感覚がいいのか、桐谷が、頭のおかしくなりそうなほど、低くていやらしい声で呻く。

水崎はその声に感じて、内側を大きく収縮させながら、性器の先から、ぽたぽたと白い液体を漏らした。

勢いのない射精がもどかしくて、水崎は再び自分のそこに手をのばす。震える手で、ぎゅうと握り込むと、痛みの向こうから、じんとした気持ちよさが滲み出して、だらしなく開いた口からよだれが垂れる。

「ふっ……あっ」

中の蠕動に耐えきれないとばかりに、桐谷が乱暴に水崎を突き上げた。奥の壁に当たった感覚に、水崎は目を見ひらいて足を浮かせる。

くずおれる水崎の腰を、彼が強く掴んで、尚も奥を叩いてくる。

「うっ、あっ、それ……あっ、それ。だめだ。ひどい」

「だめ？　すごく良さそうなのに」

桐谷が荒っぽい声で返して、おもむろに彼を起き上がらせて、真下から突き上げ始める。

「アッあーっ、あっ」

ずっぷりと奥まで入って、口から彼の亀頭が飛び出るんじゃないかと水崎は思った。

桐谷は水崎の奥の、いきどまりを執拗にぐりぐりとかきまわしてくる。内臓を握られているような鈍い痛みとともに、暗い水のような感覚の底から、得体の知れない、大きな快楽が浮き上がってくる。

未知の感覚が恐ろしくて、水崎はめちゃくちゃに手足をばたつかせて暴れていたが、急に体がびくんと勝手に跳ねて、腰をぐっと突き出した。

何が起こったのかと理解するより先に、がくんと落ちる感覚があって、脳がはじけたようになった。

「あっ……は、はあ、は」

息が止まり、全身が水崎の制御を離れ、体の芯だけが激しく痙攣して視界が真っ白になる。

水崎は今までにないほど深い絶頂を覚えた。

「水崎、いってるの？」

桐谷が水崎の下腹部に手をまわし、彼の先端があたっているあたりをぐっと押してくる。

水崎はそれにも感じて体を波打たせる。

「あっ、だめだ……だめ、いってる」

うわごとのように呟いて、水崎は、何もされていないのにまたイッて、体をぴんと緊張させた。

「ペニスはおとなしいのに……中がすごく動いている」

桐谷が快楽に浮かされた口調で、感心したように実況してくれる。

それから、いつのまにかうなだれていた水崎の性器を扱いた。確かにそこから刺激を感じたけれど、奥からのそれがあまりにも強烈で、水崎はいやいやとかぶりを振った。

「あっん、そこ、触らないで」

「奥のほうがいい？」

「やっ、動かないで」

「わがままだな」

小さく笑って、桐谷は彼を抱きしめた。

ひどい快楽に水崎を叩き落としたのに、その腕は、泣きそうなほど優しかった。

「桐谷」

「ん？」

水崎が首をねじると、察した彼がキスをしてくれる。

舌を絡めて、唾液を混ぜあい、溢れるそれを飲み込んで。

二人でゆっくりと傾いて、シーツに横たわる。

水崎は体をひねり、桐谷の上にのしかかるように体勢を変えた。彼の腹の上に膝立ちになるとひくつく自分の窄まりの襞《ひだ》を何度か指で撫でて、しばらく自分でその感触を楽しんだ。桐谷は水崎の足の間を、食い入るように眺めながらも、太ももを撫で回す程度で、邪魔はしなかった。

水崎はそれに満足すると、抜けてしまった桐谷の屹立を両手で支え、狙いを定めて腰を落とした。自ら再び迎え入れるそれは硬く熱く、水崎は無意識に自分のへその下を押して、それがどこまで自分に入っているか桐谷に教えた。

桐谷は目元だけで微笑んで、水崎にリードをあけわたしたままだ。

「ふっ……ふん、ん」

水崎は桐谷の腹の上で前後に揺れながら、彼の興奮の切っ先で、自分のいい場所を擦って声を上げる。先程の強烈な絶頂が残した敏感さで、水崎は何度も中で達しながら、涙をこぼして腰を振った。苦しくて、気持ちが良くてたまらない。まるで自分がどろどろと、蝋のように溶けてゆくようだ。

しまいには腰が抜けたようになって、くらくらしながら桐谷の胸に体を横たえた。

「すごく気持ち良さそうだね」

桐谷が彼を優しく撫でて、キスをする。

舌と同じ動きで、腰を動かし、水崎の中を、ぐちゃぐちゃとかきまわす。

再びゆるやかに絶頂へとのぼりつめる水崎は、彼の腹に昂りをすりつけながら、彼から与えられる刺激全てを感じようと大きく口を開け、すがりつき、彼の唾液を飲み込んだ。

もはや気持ちがよすぎて、水崎は気を失いそうだった。

桐谷はきっと、自分だけの料理人だ。

こんなふうに丁寧に料理されて、快楽を溢れるほどに詰め込まれる。満ち足りて、ぱんぱんになった水崎の心が破裂してしまわないように、桐谷はやさしくほぐしながら、大事に少しずつ、味わってくれているのだ。


薄暗がりに、白い手が翻《ひるがえ》る。

水崎は厨房に立っていた。懐かしい銀色のテーブルは、水崎の目線の高さにある。水崎は子供の姿になっていた。傍では彼の母が機嫌良く、てきぱきと料理の仕込みをしている。

ああ、いつもの夢だ、と水崎は思う。けれどその夢はいつもとは少し違っていた。

子供の水崎は、ひどく沈んだ様子で、目の前に置かれた料理を睨んでいる。

「春を呼んでくれる魚よ、可愛くできているでしょう?」

水崎の母は、落ち込んでいる息子を気遣って、さわらの押し寿司を作ってくれたのだ。

配色の美しいそれはケーキのように可愛らしいのに、水崎の心は少しも晴れなかった。

昼間、水崎は大人たちの立ち話を盗み聞きした。

小鳩さんはまだ若くて綺麗だから、またお嫁に行けばいいのにね。

お仕事ばかりしていてもったいないわ。器量も良くて明るいから、きっと世帯を持ちたい男の人も沢山いるでしょうに。

お子さんがいるからかしらね。可愛い女の子だったら良かったんでしょうけど、すこし

気難しい子みたいだから。

無責任な噂話だったが、子供の水崎は、その話にいたく傷ついた。

母はよく、お金持ちと結婚したいと言うのに、誰ともそんな関係にならない。

それはもしかしたら自分がいるせいかもしれない。扱いにくい子供がいるから誰も彼女と結婚したがらないのかもしれない。そう思うと、悲しくて悲しくて、どうしたらいいのかわからなくなってしまったのだ。

「食べたくない。お魚なんか食べあきちゃった」

もてあました悲しみを、子供の水崎はどう扱っていいのかわからなくて、結局母親に当たってしまった。

「そうなの？　おいしいのに」

母は手を尽くして作った料理を嫌がる息子に怒ることもなく、じゃあ、とっておきのを用意するわね、と張り切って、冷蔵庫から鳩の肉を取り出したのだ。

これは本当にあったことだ、と、夢を視ながら水崎は思った。

子供の水崎は、母がいつものように得意げな顔で、鳩の料理の話やフランスに行った時のことを嬉しそうに話す様子を、腹立たしく思っていた。

本当は、僕なんて、いないほうがいいって思っているのかもしれないのに。

「母さんは、いつも結婚したいっていうのにしないよね」

「私の目にかなう男がいないのよ」

「お金持ちとかハンサムとか選り好みしすぎじゃないの？」

「そんなことないわよ。私は妥協しないの。料理にも付き合う相手にも」

手慣れた様子で鳩を焼く準備を始める母親の背中に、水崎は問いかける。

「もし、さ、もしだけど」

「ん？」

「僕がいなければ、母さんはどうする？　お金持ちでもハンサムでもなくても、好きになった人がいたら結婚する？」

「侑也がいない人生なんて、私には存在しない」

彼女はきっぱりと、そう答えた。

「母さんが、こんな立派なお店ができるくらいに頑張れたのは、あなたのおかげ。あなたがいないのなら、私は今でもそのへんをプラプラしているだけかもね。あなたがいないころの私は、無責任でだらしなかったから」

でも、それが、本当は母さんの幸せだったんじゃないの？

自由で、何にもとらわれない、野生の鳩みたいに、生きていたかったんじゃないの？

水崎はそう思ったけれど、言えなかった。

「鳩はエトゥフェといって、窒息させて絞めるの」

残酷よねえ、と困ったように言いながらも、彼女の手は正確だった。

「昔は首を絞めたり、水に沈めて溺死させていたそうよ。今はここから銀色の針を差し込むのが主流ね」

彼女は、優しく鳩の首筋を指で撫でていた。彼女の白い指先は細く長く、料理人らしからぬ美しさを保っている。

水崎は悲しい気持ちでその指を眺めていた。死んだ鳩が羨ましかった。僕も鳩だったら良かったのに。彼女の指で殺されたかった。

そうしたらもしかしたら、彼女は料理人にならなかったかもしれないし、わがままな息子によって無駄にされる料理もなかっただろう。いい人と結婚して、殺されることも食われることもなかったかもしれない。

彼女が殺されてからも、水崎はそのことを、ずっと後悔し続けていた。

僕が死ねばよかった。母さんのかわりになりたかった。

辛すぎる後悔に、水崎の記憶は押し潰されて、すっかり忘れていたけれど、閉ざしきれず溢れた悲しみが、鳩の夢となって幾度も水崎の眠りに訪れていたのだろう。


「水崎」

肩をゆすられて、水崎は目を開けた。

「悲しい夢でも視ていたのか？」

泣いているよ、と桐谷が彼の目元を拭う。

濡れて光る彼の指先を、水崎はぼんやりと追いかけた。

「母さんの夢を視ていた」

昔の夢だ。夢の中の母は、永遠に優しくて美しい。あと何年かしたら、水崎は母の年齢を追い越してしまうだろう。彼女はもう歳をとらないから。

ああ、もう彼女とは、二度と会えないのだ。それが死んでしまったということなのだ。

今更そんなことを考えて、さみしくて、涙がこぼれた。

薄暗い熟成庫で何年も吊り下げられていた彼女の骨も、やっと揃って、良かった。

きっと母の夢はもう視ない。

だがあの夢が、途中から桐谷に変わったのは、何故だったのだろう。

「桐谷」

水崎が手をのばすと、桐谷は水崎を優しく抱き寄せて、跳ねた髪を撫でて、乾いた唇を舐めて潤してくれる。

そのしぐさ、全てに思いやりが溢れていた。桐谷の美しい手は、望むならいつも水崎のためのものになり、水崎が満足するまで癒やしてくれる。

確かに桐谷に殺されるなら悪くない。怖くない。けれど。

「痛くはない？」

「何も。痛くないよ」

かぶりを振って、水崎は微笑んだ。

本当は、水崎は彼と生きたいのだ。

捨てられるくらいなら、殺して欲しいくらいに。

「でも、血が滲んでいるよ」

そう言って桐谷は、包帯が解けてしまった水崎の腕に舌を這わせる。傷口をなぞられる、ちりちりとした痛みとともに、彼の舌が、水崎の血で真っ赤に染まる。

「もったいないな」

舌なめずりして、黒い目が細められた。


だけど食べるなら、時間をかけて食べて欲しい。何年も、何十年もかけて、煮詰めた愛にどっぷり浸かって、どろどろに柔らかくなった体を少しずつ噛みしめて、最後の一切れまで、よそ見をせずに平らげて欲しい。

どうか丁寧に扱って。やさしくゆっくり味わって。

■あとがき■

こんにちは。Ｓｉ《しー》と申します。

嬉しくも二冊目を出させて頂くことになりました。最初の本よりも熟《こな》れるかな、と思っていたのですが、そんなことは全くなく、なおさら緊張しているありさまです。

今回は、料理もののお話になりました。

『どんな辛いことがあっても、美味しいものを食べておけばどうにかなる』という一族の教えを忠実に守り、食欲強めで生きているため、食べることとＢＬをみっちり詰め込んだお話を書かせていただけて幸せでした。

そして、原稿のご依頼を承りました時点で、挿絵が葛西リカコ先生(!!)と決まっておりましたため、葛西先生のイラストのイメージでお話を考えるという、贅沢な経験もさせていただきました。

葛西先生のイメージに合う話に仕上がっているかどうかは不安が残りますが、長身で黒髪で、歯並びのいい攻と、儚げで精神が不安定そうな受という、私が葛西先生の絵で見てみたいキャラクターをガッチリ押さえていただけて、感無量です。

すでに葛西先生からのラフを拝見しているのですが、もう、ほんとう……すごい……夢……？　好き……。と、煩悩が浄化されてしまいそうなほど素晴らしくて、もはや生きてよかったなあ、という気持ちでいっぱいです。世界平和祈っちゃう……。

桐谷の、肉食獣的な迫力がある笑顔と、水崎のコックコート姿の細腰が特に好きです……もはや好きしか言葉が出なくて申し訳ないのですが、本当に好きです……。

そして相変わらず、自分でも、もうちょっと正気を保って欲しいと思うほど迷走しがちな私の原稿に、優しく丁寧で的確なご指示をくださり、お世話になりっぱなしの担当様をはじめ、本作に関わって下さった皆様には、感謝してもしきれないほどです。

末筆となりますが、この本をお手に取ってくださり、ありがとうございました。どうか楽しんでいただけますように。

初出
「愛がしたたる一皿を」書き下ろし

CHOCOLAT
BUNKO

この本を読んでのご意見、ご感想をお寄せ下さい。
作者への手紙もお待ちしております。

あて先
〒171-0014東京都豊島区池袋2-41-6
第一シャンボールビル 7階
(株)心交社　ショコラ編集部

愛がしたたる一皿を

2019年1月20日　第1刷

著　者:Si
発行者:林 高弘
発行所:株式会社　心交社
〒171-0014　東京都豊島区池袋2-41-6
第一シャンボールビル 7階
(編集)03-3980-6337 (営業)03-3959-6169
http://www.chocolat_novels.com/
印刷所:図書印刷 株式会社